JN089666

公孫龍

巻三 白龍篇

宮城谷昌光

新潮社

目次

題字／神木野啼鹿
装画・挿画／原田維夫
地図作成／アトリエ・プラン

公孫龍

巻三　白龍篇

公孫龍の世界

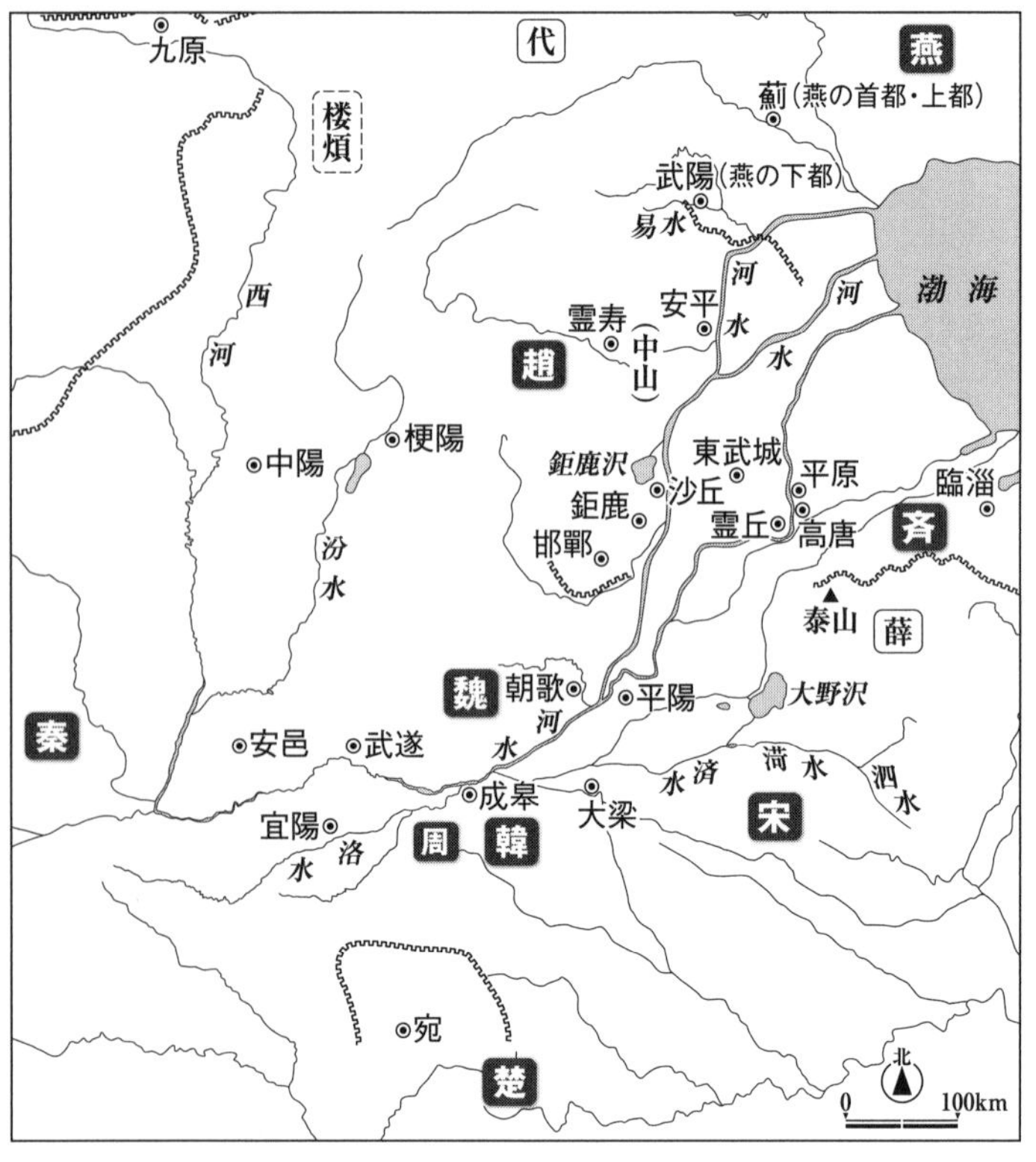

九原
代
燕
薊（燕の首都・上都）
楼煩
武陽（燕の下都）
易水
河水
渤海
西河
安平
霊寿
（中山）
趙
河水
梗陽
中陽
鉅鹿沢
沙丘
東武城
平原
臨淄
鉅鹿
霊丘
高唐
斉
邯鄲
汾水
泰山
薛
魏
朝歌
平陽
大野沢
秦
河水
安邑
武遂
済水
菏水
泗水
成皋
大梁
宋
宜陽
洛水
周
韓
宛
楚
北
0
100km

製鉄事業

燕にいる牙荅へ使いをだした公孫龍は、出発を半月ほど遅らせた。

十数人の従者とともに乗り込んだ船は、邯鄲のなかから河水（黄河）の支流に浮かび、本流にむかってくだってゆく。

この船は鵬由の所有物であり、しかも鵬由自身が公孫龍の従者として船中にいるのである。

「あなたの家の家宰となりましょう」

と、明言した鵬由は、ただし、とつけくわえた。たとえ公孫龍の下にいても、趙の国内で商売をすることを禁じられている以上、その禁令を破ると公孫龍に迷惑がかかる。そこで、気がねなく腕をふるうことができる燕へ往きたいといった。

「わかった。牙荅と杜芳を邯鄲に移して宰領させよう」

公孫龍は即断した。杜芳は召公祥の旧臣であるが、最初から公孫龍個人の財産を管理している。

それにしてもいちどは隠居した鵬由の商賈への意欲が旺盛であることに、公孫龍はおどろいた。もっとも鵬由は五十代のなかばに達していないという年齢なので、老けるには早すぎるといえよう。

「全財産を失う、と覚悟したあと、こうなりましたので、欲の質とむかうところがすっかり変わりました」

そういって鵬由は笑った。無欲になったというわけではない。自分と自家のためではなく、多くの人の利益と幸福のために働きたいという欲が生じたということであろう。もともと鵬由は気宇の大きい人なので、自身の無償の行為を最大限に発展させる道をさぐったところ、その道のさきに公孫龍がいた。

——いちど死んだ人ほど強いものはいない。

鵬由は公孫龍に臣従するというよりも協力者になろうとした。

「燕のふたりを邯鄲にお移しになるのでしたら、こちらも燕にむかってゆき、途中で会うというのは、どうでしょうか。河水から遠くないところに、安平という邑があり、そこに祖谷という豪族がいます。その豪族の邸で会合しましょう」

賈人としての鵬由の実力は底知れない。船は自家用であり、しかも邯鄲の城外にでなくても乗り込める。

船が沙丘の近くを通ったとき、船端に肘をついて遠くに目をやった公孫龍は、

「主父（武霊王）が亡くなったとは、いまだに信じられぬ」

と、やるせなげに鵬由にいった。

「ずいぶん多くの人が戦死しました。主父さまにも、公子章さまにも、むろん趙王にも、それぞれに正義があって、その正義を信じた者たちが戦い、斃れたところに、哀しさがあります。あなたは趙王を扶助して、趙王の正義を証明してみせましたが、勝者にしか正義はありませんか」

「いや、そんなことはない。これから往く燕は、かつて斉に敗れ、王は殺され、太子は王位に即いても長い間斉王に隷属していた。勝者であった斉王に正義があったとはいえない」

「さようですか……」

　鵬由が公子章を安陽君といわなかったところに、つきあいの古さと深さがあろう。公子章は主父の嫡長子であったのだから、公子章が趙王となり、弟の公子何が代の君主となれば、王族と群臣のあいだに波風が立たなかったかもしれない。むろんそうなれば、主父と公子章に信用されていた鵬由に第二の人生などはなく、趙の商工業を独占する破格まで騰躍したであろう。

　さらに船は河水をくだって、支流にはいった。

　安平の津には、馬車をつらねた祖谷がみずから出迎えにきていた。祖谷は鵬由とほぼおなじ年齢にみえるが、ずいぶん小柄な人である。かれは船をおりた鵬由に趨り寄って、

「よくぞお越しくださった。十年ぶりですかな」

　と、喜悦をかくさぬ声を揚げた。

「燕へ往くことになりましたので、立ち寄らせてもらいました。使いの者にはいいませんで

したが、わたしはこのかたの執事になったのです」

そう告げた鵬由にみちびかれるかたちでまえにでた公孫龍は、

「燕と趙の両国で商賈をおこなっている公孫龍といいます。このたびははからずも鵬由どのの助力を得ることになりました。どうか、今後おみしりおきくださいますように」

と、鄭重にいい、頭をさげた。

「ほう――」

腰に手をあてて公孫龍をしげしげみあげた祖谷は、ふたたびまなざしを鵬由にむけて、

「趙でぬきんでた豪商であったあなたが、この若い賈人に仕える……、これ、戯言でしょう」

と、さぐるような目つきをした。

「はは、あなたに戯れなどしましょうか。くわしい事情は、車中で話します」

鵬由は祖谷の馬車に同乗して、邸宅に着くまで、深刻さを嫌うような口ぶりで委細を語った。

公孫龍も車中の人となり、十数人の従者もすべて馬車に乗った。ふりかえると、津にはまだ五乗の馬車が残っている。おなじ日に、牙荅と杜芳が少数の従者とともに到着することになっている。

安平の邑のなかにある祖谷の家は大邸宅といってよく、邸内で働いている者は百人はいるであろう。

貴賓を迎えるべく建てられた家は、瀟洒な別棟で、裏口は落葉樹の林に近かった。その林をみた童凜は、

「とても邑のなかにあるとは想われません」

と、林の広さに感嘆した。公孫龍が従者とともに林間で散策を楽しんでいると、鵬由の従者のひとりがゆるやかに近づいてきた。かれは公孫龍のまえで片膝をつくと、

「申し遅れました。わたしは鵬由家で家宰をつとめていた伊泙の子で、枋と申します。父は鵬艾さまを輔けるべく邯鄲にとどまっておりますが、わたしはあなたさまの指図をうけたく、望んで、従者に加えてもらいました。どのような使い走りもいたします。なんなりと申し付けくださいますように」

と、しっかりとした口調で述べた。

――ははあ、この者は、どこかでわれを観察していたのだな。

伊枋は少壮といわれる二十代で、自身の生きかたを考え、この道を選んだにちがいなく、父や鵬由にうながされて燕へ往くことを決めたわけではなさそうである。しかしながら鵬由はあと十数年で七十歳になる。かれは自身が引退したあとの家宰を考慮して、さりげなく伊枋を勧めたといえなくはない。

「われは商賈といっても、不慣れなことが多い。また家を空けることもすくなくないので、そなたのような物慣れた者がいてくれると心強い」

公孫龍は正直に自分の気持ちをいった。

「ありがたいおことばです」

この伊枋の敬虔な態度は、公孫龍が周王の子であることを知っているあかしであろう。

夕食まえに、牙荅と杜芳と四人の従者が到着した。かれらは旅装を脱ぐとすぐに宴席に着き、牙荅だけが立ってあたりをみまわし、

「まことに、まことに、鵬由どのが家宰になってくださったのですなあ」

と、驚嘆をまき散らすようにいった。すかさず祖谷が、

「天地がひっくりかえったほどおどろいたのは、わたしです。これで公孫家が趙と燕の商工業を牛耳ることは、まちがいない。さあ、觴をあげて、祝おうではありませんか」

と、高らかにいった。つられるように歓笑が上がった。照れくさそうに微笑して觴をあげた公孫龍は、となりにいる鵬由に、

「祖谷どのは威勢のよいかたですね。どのような事業をなさっているのか」

と、問うた。

「牛と豚と鶏の飼育です。牛の数はすくなくとも五千、豚と鶏はゆうに一万をこえるでしょう」

「それは、それは……」

「ここから十里ほど西北に祖谷とよばれる谷があり、そこがあの人の事業の発祥地です。良質の牧草に満ちた地ですが、草だけを食べさせるのではなく、飼料を工夫すべきであるといい、ともに研考したことがあるのです」

「そういうおつきあいですか」

鵬由は売買だけをするのではなく企業家の一面ももっているということである。

陽気さに終始した宴会のあとに別室を借りた公孫龍は、牙荅と杜芳をねぎらい、情報の交換をおこなった。燕では特別に変わったことはなかったが、牙荅は、

「仙英どのを通じて、亜卿さまがあなたさまに会いたがっておられます」

と、いった。

「楽毅どのが、われにか……」

軍事または外交に関する難題をもちかけられそうな予感がした。

事務的な報告と確認作業が終わってから、召公家の旧臣である杜芳、嘉玄、洋真の三人が公孫龍のまえに坐った。五十代のなかばにさしかかったという年齢の杜芳は、剋勉の質だけあって、その口調に気負いをみせず、

「棠克どのはあなたさまのもとを去って、子瑞さまに臣従したとききました。が、嘉玄と洋真の話では、子瑞さまには仇討ちの意志も召公家再興の企望もないとのことです。たとえそれが本心ではないとしても、わたしは子瑞さまの臣ではないので、あなたさまのもとにいたい。このふたりも同意です。われら三人の主は、あなたさまなのです。われらの心にゆらぎのないことを信じていただきたい」

と、述べた。

公孫龍はしみじみと、

「この世で、ことばと人ほど尊いものはない。われはすべてを失ったと絶望したことがあったが、ことばと人という宝をもっていた。それを気づかせてくれた召公祥は大恩人であり、召公の最高の遺産は、なんじらという人だ。その遺産を死蔵しないのが、召公への報恩であろう。向後も、われを輔けてくれ」

と、いい、三人にむかって頭をさげた。それを視た三人はおどろき、目頭を熱くした。

翌朝、津の桟橋に立った公孫龍は、肌寒さをおぼえた。

――今年は秋を飛びこえて冬になるかもしれない。

そう予感しながら、公孫龍が船に乗り込もうとすると、祖谷がうしろから、

「脯はいくらでもあります。ご一報くだされば、五万でも十万でもおとどけします」

と、あたりをはばかるような声でいった。旅に必要であるものを脯資というが、資は食料であり、脯すなわち干した肉も欠かすことができない。が、この場合、軍をだす場合を祖谷はいっているのであろう。おそらく趙軍は祖谷から大量の脯を購入している。が、祖谷は燕軍にも売りますよ、と暗にいっている。

「そのときは、よろしくたのみます。ここにいる伊枋を使いに立てます」

公孫龍は空返辞をしなかった。

船がでた。さきに杜芳と牙荅らを乗せた船が泝洄をはじめた。それを船中で見送った公孫龍は、さらに寒い河水の風にあたって心身をひきしめた。

燕の上都の薊に着いたとき、秋らしい風になったが、それでも寒かった。

帰宅した公孫龍はすぐに仙泰を仙英のもとに遣った。すかさず仙英は楽毅に報せたらしく、翌日には便服の楽毅がふたりの家臣を従えただけで、公孫龍に会いにきた。

着席した楽毅は、目で笑い、

「紫峰では、そなたにいっぱい食わされた。主父は本営を対岸に移してはいなかった。急襲すれば中山王の王宮にとどまっていた主父を殺せたのだ」

と、中山での攻防戦をふりかえってみせた。公孫龍は微笑をかえした。

「戦場にあっては、主父は疎漏のないかたです。わたしの目には映らない防備がほどこされていたかもしれず、あなたさまの奇襲が成功したかどうかは、わかりません」

「そうかな」

と、いった楽毅は表情をととのえて、

「すべてはそなたの掌の上にあった。逐一、それについてはいわぬが、われが魏王にたいして礼を失わず、しかも妻子をひきとることができたのは、そなたの陰助があったからこそだ。われにはわかっている。礼を申す」

と、口調に謝意をこめていった。

「わたしはなにもしておりません」

公孫龍はとぼけてみせた。

「はは、そなたがそういうのであれば、そういうことにしておこう。ところで今日は、頼みがあって、きた」

大型兵器の製造についてである。燕国は中原諸国の軍事同盟に参加せず、戦いといえば、北方異民族の侵略を撃退する、いわば騎兵戦に終始してきた。しかし燕の昭王の意望がどのようなものであるか、それを察知すれば、燕軍のむかうさきにはあまたの城があり、それらを陥落させねばならない。すなわち燕には、攻城用の大型兵器がなく、またそれらを迅速に運び、組み立てる技術もない。それ以前に、なくてはならぬのは、

「製鉄である」

と、楽毅は断言した。鉄の鋳造まではむずかしい過程がある。鉱石の採掘からはじまり、鎔鑪の構築を経て、鎔鋳に至る。そのための工廠を建てる用地は、すでに燕下都に確保してあるが、製鉄全体を指導する者がいない。

「工業はなんといっても趙だ。そなたは趙にも店をもっている。その道の師匠を知らぬか。工匠を招きたいのだ」

「はて、さて、困りました。わたしは工人をまったく知りません。しかし、家宰はその道にくわしいので、家宰をともなって下都へゆき、その用地を拝見できますか」

「たやすいことだ」

うなずいた楽毅に、公孫龍は鵬由を会わせた。楽毅は鵬由の前歴を知らなかった。

五日後に、楽毅は公孫家へ五乗の馬車をまわした。迎えの使者は、旧知の司馬梁であった。かれは中山にあっても楽毅の属将であったのだから、いまや腹心といってよい。

「すでに亜卿は先行なさっています。わたしが嚮導します」

公孫龍に恩を感じている司馬梁は鄭重であった。鵬由はすっかり感心して、

「主は、仁者ですな」

と、いった。公孫龍がいろいろなところでいろいろな人たちを救っていることを察した。こういう仁勇の持ち主をもっとも恐れたのは主父ではなかったか、と鵬由は想到した。

さて、燕下都が軍事の邑であることは、すでに書いた。旅行者はこの邑での連泊はゆるされず、門の出入りも厳しく監視されている。そういう邑であるから、公孫龍はこの邑の四隅まで熟視したことはなく、まして政庁のなかをのぞいたことなどまったくない。

庁舎は小城のような造りで、華美な装飾などはいっさいなかった。そのなかの貴賓室に請じ入れられた公孫龍は、鵬由と伊枋を従えていた。対面した楽毅は目笑している。その横に坐っている壮年の男が、この下都の長官であろう。かれは目前の三人を観察しながら、

「よくきてくれた。これから問題の用地をみてもらうが、そのまえに、公孫龍どのの従者の名を知っておきたい。そこもとは——」

と、鵬由をみつめた。公孫龍とは初対面のはずであるが、どこからどうみても、公孫龍が三人のうちのどれであるかはわかる。

「鵬由と申します」

この声をきいた長官の目に驚愕があらわれた。

「鵬由とは、趙の鵬由か」

「かつては、そうでした。が、いまは龍子の執事をつとめております」

「これは、おどろいた」

巨億の富を築き、趙の商工業界を総監していた大商人が、燕へ移り、しかもその道で台頭したばかりの公孫龍を支え、過去の盛事を削迹しているのは、どうしたことであろう。

長官のおどろきの意味がわからない楽毅は眉をひそめた。それに気づいた長官はすばやくからだをかたむけて、耳うちをした。

「ほう——」

楽毅は、一瞬、鵬由を凝視したが、すぐにまなざしを公孫龍にむけた。かれにとっては、鵬由よりも、鵬由を従属させた公孫龍のほうに大きなふしぎさを感じた。

——この男の武術も、そうとうなものだな。

いま、いきなり剣をぬいて斬りつけても、公孫龍にかわされそうである。楽毅は武人の目で公孫龍を観ている。

長官は伊枋にも目をむけた。目礼した伊枋は、

「わたしは邯鄲の生まれで、鵬艾家の家宰をしている伊泙の子で、枋と申します。公孫家では、財務をまかされることになりました」

と、いかにも怜悧な口調で答えた。

「それでは、さっそく用地をみてもらおう」

庁舎のまえには、八乗の馬車が待機していた。楽毅はあえて公孫龍に声をかけて同乗させた。製鉄のことは長官と鵬由にまかせておけばよいという心算であるらしく、もっぱら斉と

孟嘗君について公孫龍に問うた。

「そなたは田甲の事件が起こったころ、斉にいたそうだな」

「さようです。臨淄から退避する孟嘗君をみかけました。その後、薛へ行きましたが、孟嘗君が魏にむかって出発したあとでした」

大きくうなずいた楽毅は、

「孟嘗君が去ったあと、宰相の席に坐ったのは呂礼だ。おそらく呂礼は秦王の内命を承けて、孟嘗君を擯斥し、そのあと斉を秦につなぐだろう。斉と秦が同盟し、魏と韓は連合する。大国のなかで外交の方向が明らかでないのは、趙と楚だ。そなたは、趙にくわしい。趙の向後をどうみるか」

と、問うた。

「いま趙の宰相は安平君（公子成）ですが、まもなく李兌になります。李兌はしたたかな能臣なので、燕とは和親しましたが、他の国とはたやすく同盟しないで、時勢を静観しつづけるでしょう。楚については臆測ですが、懐王が秦王に騙されて客死させられたことを、百年の怨みとしながらも、うわべは秦と和睦せざるをえないでしょう」

「ふむ、趙はもともと秦とは良好な関係にある。そうなると……」

いちどことばを切った楽毅は、

「成就の鑰は、秦というわけか……」

と、つぶやくようにいった。

――成就とは。

公孫龍は、はて、と首をかしげた。楽毅の企望を見失った。成就とは燕が出師して斉を攻め、首都である臨淄を陥落させ、斉王を降すということではないのか。その遒美の行動に、秦は無関係であろう。

日が西にかたむくころに巡視を終えた鵬由は、庁舎にもどると、さっそく、

「拝見した用地は狭すぎます。燃料の保管場所ひとつをとっても、いまの三倍の広さが必要です」

と、長官にむかって訴えた。

鎔鋳に必要な鞴は、すでに戦国時代のはじめに発明されている。世界史的にみても、おどろくべき早さである。高温に達するための火力を産む燃料の量は尋常ではなく、邯鄲の近郊をみてわかるように、深山がまたたくまに禿山になってしまう。

「邯鄲に卓氏という者がいます。この者は、鉄商とよばれるほど製鉄に精通しています。わたしは卓氏に書翰を送り、燕に招くつもりですが、この書翰に、長官だけでなく亜卿さまの書翰も添えていただけませんか。卓氏自身が燕にこなくても、かならず腹心をよこしてくれるはずです。おそらく百人ほど随従の者がいて、半年は滞在します。かれらの宿舎の建設をふくめて、優遇のあつかいをお願いしたい」

「わかった。心配にはおよばぬ」

長官よりまえにそういった楽毅は、この場で書面をしたためた。そのあと、公孫龍らを退

室させ、長官の補佐と自身の側近を呼びいれると、綿密に検討をはじめた。楽毅と長官は夕食の席にもあらわれず、深夜まで話し合いをつづけた。

「国家の一大事業ですからな」

鵬由は楽毅の熱心さを称めるようにいった。

終始、かれらを接待したのは、司馬梁である。いま楽毅の佐官となっている司馬梁は、かつて中山においては別働隊を率いて趙軍を苦しめた良将である。ただただ楽毅の指図に従っていたわけではなく、独自の発想をもつ将器といってよい。そうでありながら、篤実で腰が低い。観察眼のするどい鵬由は、就眠まえに、

「佐弐を観れば、主がわかります。燕軍は強大になってゆくでしょう」

と、いった。

このときからおよそ三か月後、雪を冒して、百人余の工人を率いた卓氏が燕下都に到着した。迎賓館にはいったかれらをみずからもてなしたのは、燕の昭王であった。

崖上(がいじょう)の囚人

公孫龍は飛びまわった。

店のことは鵬由と伊枋にまかせ、雪解け後の山谷を歩いた。

製鉄に精通している卓氏の計画と指図に従って、鉱石を産むであろう山谷の調査を工人とともにおこなった。採掘の位置が定まると、鉱石だけではなく燃料とする樹木を運搬する道路の整備を申請した。道路は燕の国民の夫役によって造られる。それがはじまるまえに、鎔鑪の建築が開始された。

卓氏は燕の昭王の厚遇にこたえるべく、三年がすぎても下都にとどまって、工人に指示を与えつづけ、四年半がすぎたころ、

「ほぼ完成しました」

と、昭王に報告した。

まだ燕人に製法を完全に伝授しておらず、鉄器を大型兵器に適用できていなかったので、ほぼ、ということばを用いたのである。

卓氏は商人というより、工匠といってよい風貌で、気魄と信念のかたまりのようにみえた。燕にきた当初から国賓に比いもてなしかたをされたので、一商賈にすぎない公孫龍は卓氏にほとんど近づかず、連絡と応対が生じた場合は、おもに鵬由にまかせた。公孫龍自身はあえて鵬由の配下のような身なりと顔で、卓氏の指示を間接的にうけた。直接の指示は卓氏の右腕といってよい陶林からうけた。陶林をはじめ工人たちはたれも公孫龍の顔をかつてみたことがなく、その正体に気づかなかった。公孫龍は工人たちの下働きさえした。肌脱ぎをして働く公孫龍をみたひとりの工人が、

「なかなかいい軀をしているじゃねえか。邯鄲へきて、卓氏の下で働かねえか」

と、勧誘の声をかけたことがある。

燕下都に昭王や楽毅などを迎えて、製鉄の工程を披露する日の朝、いままで作業にたずさわった五百数十人を広場に集めた卓氏は、慰労と謝意のことばをかけたあと、集合した者たちをかきわけるようにすすんで、作業着の公孫龍のまえに立ち、面貌をたしかめるように視てから、坐った。

「龍子ですな。あなたのご高配に感謝したい。わたしは邯鄲へ帰りますが、陶林を残します。お困りのことが生じたら、おたずねください。あなたの店は、邯鄲にもある」

「ご配慮、痛みいります」

このふたりを見守った工人たちは、あっけにとられた。

「では、また――」

微かに目笑した卓氏は起って、式典の席へむかった。衆目にさらされた公孫龍は、ふりかえって、うしろに坐っている嘉玄と洋真に、

「こりゃ、まずい。着替えなければなるまいよ」

と、苦笑をまじえていい、庁舎近くに急造された幔室にはいった。なかには伊枋がおり、公孫龍の顔をみると、ほっとしたようで、

「ご酔狂がすぎます。まもなく王がご来着になり、式典がはじまります」

と、礼服をさしだした。着替えた公孫龍は鵬由の横の席にすべりこんだ。鵬由は小さく肩をゆすって笑い、

「卓氏だけは、主の顔を知っていたのです。斉からお帰りになって府尹に報告にゆかれたとき、卓氏も別の用件で府中にいて、主をみかけたようです」

と、低い声でいった。

「黽勉として事に従い、敢て労を告げず、と詩にある。われは、それでよかった。すべての功はそなたにある」

黽勉は、けんめいに努めることである。卓氏とその配下を燕に招致できたのは、ひとえに鵬由の実績と盛名のおかげである。公孫龍の名では、卓氏を動かせなかったであろう。

五人の大臣と十人の高官を従えて昭王が式場に臨御した。まず祭祀官が火の神である祝融へ祈禱をおこない、それにならって昭王が祇仰し、ついで臨席の者すべてが祈った。それが終わると、昭王はこの事業の意義がどれほど大きいかを宣べ、事業を完成させた卓氏を表彰

した。

あとは、昭王が工程を臨眺するのである。

昭王に随従してきた楽毅は、公孫龍と鵬由のほうに歩いてきて、

「これで鉄製の武器を量産できることになったが、大型兵器となると、ふたたび智慧を借りなければならぬ」

と、いった。すかさず鵬由が、

「おまかせください。わたしの友人で雲常という者が邯鄲にいます。この者は塩の売買を手がけてはいますが、本業は木工です」

と、答えた。

「それは心強い。この話は、あとでしよう」

楽毅は昭王のうしろにもどり、下都の長官と小声で話しはじめた。公孫龍も小声で、

「雲常どのには面識がある。家宰の佗住はなかなかの人物だ」

と、鵬由にいった。

「大型兵器は鉄工と木工を組み合わせなければできません。雲常は老齢になったので、招けば、佗住をよこしてくれるでしょう」

「それにしても、趙の工業界は人材が豊富だな。つまるところ、国力とは人だ。燕王は郭隗先生の献言を容れて、天下の才能を集めてきた。それでも趙に追いつくには、あと三十年はかかるだろう」

「移植した樹よりも、自生した樹のほうが強いということですか」

「人が育ちやすい風土に改良するには、百年かかる。趙の繁栄の基はなんといっても趙簡子であり、その子の趙襄子も庶子でありながら後嗣の席を与えられ、趙を強固にする名君となった。ふたりは百数十年もまえの君主だが、主父の頭には、趙簡子の事例があったのだろう。趙の百年後をみすえての人事であった、とわれはおもっている」

「なるほど、そういうことでしょうな」

鵬由はうなずいたものの、主父と安陽君を悼む心があるせいで、表情に曇りがあった。

昭王の臨眺が終了すると、祝賀会が催された。会場はふたつあり、庁舎内に設けられた席には昭王と大臣それに下都の高官が就き、そこには卓氏と陶林だけが招かれた。ほかの者は、広場で宴会ということになったが、千人規模の大宴会となった。下都で勤務する下級役人のほかに上都から昭王と大臣に随従してきた臣下も加わり、かつてないほどの盛会となった。

公孫龍は手ずから酒肴を鵬由にすすめ、

「燕はそなたひとりを得ただけで、これほど工業において盛栄を迎えることができた。そなたとわれの運命がそうさせたといえなくもないが、亜卿の運命をふくめて、すべて燕王の徳の上にある。天下の俊英を求めつづける熱意、在野の賢人を迎えようとする誠意と謙虚さ、いまの諸国の王をみても、これほどの徳をもっている王はいまい。この王の積徳が天を撼かさないことがあろうか」

と、熱い息でいった。

「蟷螂の斧が、車輪を砕くときがきますか……。王のご存位は、今年で何年になりますか」

「たぶん、二十三年だ」

「二十三年……、我慢と忍耐の二十三年ですな。往古、呉王夫差にはずかしめられた越王句践が、報復のために雌伏したのは二十年ほどであったときいたことがあります。燕王はそれより長い。楽毅さまは、范蠡になれますか」

「范蠡……、なるほどな」

呉越の戦いは、春秋時代の終りから戦国時代の初めにかけてあり、敗戦国となった越は、王である句践が会稽山に囚われ、国は呉に支配された。この屈辱をはねのけて、越を自立させて、呉を討ち滅ぼすまで国力を回復させたのが、越の賢臣の范蠡である。

——楽毅は范蠡に比肩できるか。

そう問われても、公孫龍は確答をもたない。昔の呉越の優劣が、いまの斉燕にあてはまるとはおもわれないからである。

暦の上では、いまは晩夏であるが、ときどき会場に吹き込んでくる風には初秋のすずしさがあった。この祝賀会が終わると、雲常に話をつけて、木工への手配をおこなわねばなるまい、などと公孫龍が考えているとき、伊枋があたりの目をはばかるように趨ってきた。かれは公孫龍に、

「狛という人が、主に面会を求めていますが……」

と、耳うちをした。

狛は楼煩人で、いちどは公孫龍を殺そうとした弓の達人である。ただし公孫龍はその名をきいていなかったが、勘がはたらいて、すばやく起った。

「狛どのは、どこにいる」

「ご案内します」

伊枋は会場をでて官舎のまえまで行った。

「あそこです」

「ああ、狛どのだ」

葛衣を着た狛のうしろに十数人がならんで立っている。その十数人は狛の配下か族人であろう。公孫龍が近づいてゆくと、狛はわずかに目容をやわらげたが、面貌には厳しさがある。

「一別以来――」

そう語りかけた公孫龍に、いきなり狛は、

「頼みがある」

と、幽い声でいい、ふたりだけで話し合える場所を捜すように歩きはじめた。下都には桑園があり、その端にさしかかると、歩みを止めた狛は、いちどふりかえってから坐った。公孫龍も桑の枝を手で払って腰をおろした。

「真相は従者にも告げていない。あなたもそうしてもらいたい」

最初に狛はそうことわり、楼煩のなかで生じた紛争について語った。楼煩王には十人をこえる妃妾がいて、そのなかの七番目の夫人が特に寵愛された。当然、その夫人の子に王の愛情がそそがれたため、かれは王位継承権を確保するため、兄弟を殺したり幽閉するようになった。その王子にとって狛は反勢力とみなされたことで兵をむけられた。

「楼煩にも中華の思想が染みてきて、王の長男が嗣王になるのがよいとおもわれるようになりましたが、わたしはそれにこだわっていない。それでも急襲されたので、戦わざるをえなくなり、けっきょく楼煩をでることになった」

「そうでしたか」

似たような話はいくつもある、とおもった公孫龍は、話の方向が予想とちがうような気がした。狛は楼煩の内紛にさほど関心がない、とすれば、かれの頼みとはなんであるのか。

「わたしはもう楼煩にもどるつもりはない。楼煩を去る際には、あなたの客になってあとの人生をすごすのがおもしろそうだ、とおもった。このおもいはいまも変わらないが、東行する途中で知ったことがあり、懸念として重苦しくなった」

「その懸念とは——」

「王孫季が、奇崖に幽閉されたことです」

公孫龍がまったく知らない人名と地名である。狛個人に限定された関心事であれば、非情ではあるが、聴きながすしかない。そういう感情の推移を見定めるような目をした狛は、

と、いった。

「王孫季とは、楼煩の王女が産んだ子で、主父の子でもあるのです」

「まさか——」

公孫龍は息を呑んだ。

「いや、まことです。往時、主父は西征して河水のほとりで楼煩王と会見した。その際、数日とどまった主父をもてなすために、楼煩王は女をさしだした。わたしは主父を接待する役にあったので、王女を主父の宿舎にみちびきいれた。翌年、王女は男子を産み、ほどなく病歿した」

「ふうむ……」

公孫龍は嘆息した。狛は創り話をしたわけではあるまい。だが、楼煩の王女が主父の子を産んだことを、主父に臣従することになった狛が告げれば、主父はその子をひきとったのではないか。その点を質すと、

「ものごとの真相を、あとで知ることもあるでしょう」

と、狛は微かに笑った。

「すると、その王子は、自分の父が主父であることを知らないで育った、とか」

「ある日、王女は河水のほとりにでかけ、たまたま鴻が落とした卵を食べて、身ごもった。そういうことになっています」

「なるほど」

それは中華の伝説にそっくりである。殷民族の始祖を契といい、その母である簡狄が川へ行って浴をしていると、玄鳥（つばめ）が卵を落とした。簡狄がそれをひろって呑むと、身ごもって契を産んだというものである。

「王孫季には王位継承権がないので、殺されず、幽閉ですんだというべきです。が、閉じ込められた奇崖は、牢獄でして、死ぬまでそこからでられない。はっきりいえば、王孫季は冬のあいだにそこで凍死するでしょう。そこで……」

狛はことばを切って、公孫龍の意中をさぐるような目つきをした。

「そこで、王孫季を救ってみたい、ということか」

「さきほど申したように、わたしは楼煩に帰らないし、王位継承の争いに加わらない。王孫季を奉戴して挙兵するつもりは毛頭ない。ただ、幼いいのちが、来春までに消えてしまうのが、少々つらい」

「幼いといったが、王孫季は何歳なのか」

「たぶん、八歳です」

「ふふ……」

公孫龍は笑った。

「おかしいですか」

「これは、失礼。しかし変ですよ。楼煩は狩猟民族で、定住せず、牆壁をめぐらせて生活しているわけではない。すると牢獄といっても、森林に掘られた穴か、丘阜の洞窟でしょう。王孫季がさほど危険視されていない存在であれば、見張りの兵は十人未満にちがいない。あなたの配下は十数人いて、しかもあなたは一矢でふたりを斃せるほどの勁矢を放つことができる。牢獄を破って王孫季を救いだすことはたやすいのに、わたしのもとにきたことは、解せないということです」

公孫龍は正直な感想をいった。

「ああ、奇崖をみてもらえばわかるが、一角獣の角のような岩の巨大な柱で、もとはその上に狼煙台があったが、いまは牢獄になっている。それを登るどころか、近づくことさえできない。それで、あなたの力と智慧を借りにきたのです。雪が積もるようになれば、そこには行けず、救助をあきらめるしかない。来春、雪が解ければ、少年の死体が奇崖からおろされる」

「やるなら、初冬までの間、ということですか」

公孫龍は考え込んだ。狛という人物はめったに人に頭をさげないのに、こうして倚頼にきたのは、よほどのことであろう。どうしても王孫季を助けたいというわけの裏側には、別の事情がひそんでいる。

——あるいは……。

公孫龍は想像を飛躍させた。主父にさしだされた王女は、狛の妻になるはずではなかったのか。王女が産んだ子は、主父の子か、もしかすると狛の子かもしれない。

「ところで、その奇崖はどこにあるのですか」

「騎馬で西行して、二十余日といったところかな」

往復に五十日かかるとみてよい。

「できる、できない、は奇崖をみないとわからないので、とにかく行くことにします」

狛という弓の達人の心をつなぎとめたい公孫龍は、いかにも関心の薄い冷淡な返辞をするわけにはいかない。

「門のほとりで待っていてください」

と、狛にいった公孫龍は、困惑ぎみの伊枋に馬の手配をいいつけて鵬由のもとにもどり、

「急用ができた。雲常のことは、たのむ」

と、せわしげにいい、嘉玄、洋真などに声をかけた。

「いそぎ、上都へ帰る」

はじかれたように腰をあげた数人が、会場の外に趨りでて、用意された馬に飛び乗り、公孫龍につづいた。門のほとりに騎馬の集団をみつけた嘉玄と洋真は眉をひそめたが、その集団を率いている者が狛であると気づき、驚嘆の声を放った。

帰宅した公孫龍は、十人の従者を選ぶとともに、食料を準備させた。今回は馬車をつかえない。それぞれが食料を持つ。往路はそれでよいが、復路のために、四頭の馬に水と食料を載せた。四頭は副馬にもなる。狛にも十数人分の水と食料それに六頭の副馬を与えた公孫龍は、遅れて帰着した伊枋に、

「いまから人助けの下見にゆく。帰りは初秋をすぎるかもしれない。わけはたれにも話せないことになっているので、われに随従する者も、それは知らない」

とだけいって、出発した。

従者は嘉玄、洋真のほかに童凜、碏立、さらに復生、仙泰などがいる。新参の顔としては、

司馬匜という青年がいる。かれは司馬梁の族人で、

「この者は武技を好みませんが、地形にはくわしく、武人になりたくないというので、あずかってもらえませんか」

と、司馬梁から託された。司馬匜はもともと公孫龍に関心をもち、憧憬さえいだいていたらしい。公孫龍に仕えるときまった時点で喜びをかくさず、公孫龍と話をしたときには、山沢についての精通ぶりを充分に発揮した。異能としかいいようがない、と公孫龍はひそかに驚嘆した。

――この若者の目は、地にあっても、鳥瞰できるのだ。

この者を連れてゆけば、道に迷うことはない。それを想って従者に加えた。出発してわかったことであるが、司馬匜は馬の乗りかたが巧い。武技を好まないのがほんとうであるにせよ、騎射にすぐれているのではないか。

五日、十日と、この騎馬の小集団は西へすすんだ。十五日目に、狛が、

「多少の用心が要る。だが、楼煩の族は秋には西へ移動する。東部には連絡用の兵しか残らない。中華でいうところの伝駅がどこにあるのかわかっているので、まず、みつかることなく奇崖に着けよう」

と、いった。

森が深くなった。が、狛の配下はためらうことなく径道をみつけてすすみ、いちど谷におりてから、馬をとどめて水を飲ませ、それから馬を曳いて、急勾配の坂道をのぼった。司馬

匝はまえを視るよりも、上を瞻ていることが多かった。

ふたつ谷を越えた。まもなく奇崖であることは、先導する者たちの気配が変化したのでわかった。

森林のなかをゆっくりすすんだ。前方が明るい。

「あれが奇崖だ」

ゆびさした狛は全員を停止させた。遠くに岩山がある。それは高層の楼閣のようで、昇降する道は、人工の桟道である。それが、

「乙」

という字形にみえる。

森林の端から桟道の登り口までは百歩以上あって、そのあいだにわずかな草木さえなく、ほぼたいらな岩しかない。

「森林からでると、すぐに発見される。上には十人ほどの兵しかいないが、かれらは敵をみつけると、そなえてある弩からいっせいに矢を放つと同時に、桟道の下部を吊り上げてしまう。楼煩の兵はそろって射術にすぐれている。百人で攻めても、上の十人を倒せまい」

そういった狛に、公孫龍は、

「近づいて、奇崖をみられないのか」

と、いってみた。

「北へまわれば、奇崖に近づけるが、みてもむだだ」

狛がいった。むだ、という意味が、北へまわってみて、そういうことか、と納得した。そこにあったのは、黒々とした岩肌を露呈した絶壁である。垂直といってよいこの岩の壁は、どういうわけか凹凸がなく、天帝がたわむれに作った黒い鏡のようである。

——梯子をかけられないか。

と、公孫龍はその下部を観たが、ひと目で、足場が悪すぎる、とわかった。

「この上に獄舎がある。が、猿でも登れないので、見張りの兵はほとんどいない」

この狛の説明の声が、急に遠くなった。公孫龍の脳裡に光閃が走った。

「弋ですよ、弋がよい。あなたの矢なら、できる」

そう狛にいった公孫龍は、いそいで帰りましょう、つぎにくるとき、雪のふりだすまえにここに着かなければ、救助どころか、われらが遭難してしまう、と、いい、帰路を急行した。

公孫龍はまっすぐに下都にむかい、工人たちに指示を与えている陶林に会って、

「こういう鏃を、鋳鉄ではなく、鍛鉄で作ってもらいたい」

と、図をみせた。鋳鉄は型づくりであるが、鍛鉄は打ちきたえた鉄なので、強度は格段に上である。

雪中の救出

昔から、狩猟のひとつに弋猟がある。

矢に糸をつないで鳥を射るというものである。

鏃の多くは銅がつかわれているが、

——銅では、あの岩壁に歯が立たない。

と、想った公孫龍は、鍛鉄の鏃を深くくいこませるという発想のもとで、工人を総攬している陶林にあれこれ頼んだ。さらに上都の豪商で布縷に精通している旭放のもとにゆき、

「特別に勁い紐を作ってもらいたい。いまひとつ、四、五階建ての高楼から、われが落ちても破れないでうけとめられる網を作ってもらいたい」

と、いい、頭をさげた。

旭放はなにも問わずに、

「また人助けですな」

と、笑って、こころよくひきうけた。

独りで東奔西走している公孫龍を、あきれたように傍観していた鵬由と伊枋は、ようやく落ち着いたころをみはからって、

「さしつかえなければ、わけをきかせていただけますか」

と、膝をそろえた。

「ふむ、いまひとりの童子が幽閉されており、その童子を救助してもらいたいと頼まれた。頼みにきたのは、客としてもてなしている狛という楼煩人で、以前、主父にも仕えていた。幽閉場所が尋常なところではないので、智慧をしぼっているというわけさ」

「その童子というのは……」

「それは、狛との約束で、たれにも話せない。楼煩に内訌があったときけば、察しはつくだろう」

と、公孫龍ははぐらかすようないいかたをした。すぐにふたりは、

「そういうことですか……」

と、軽くうなずいたものの、心中に不得要領が残ったという表情をした。公孫龍が損得ずくで行動する人ではないことは充分に承知しているが、このたびの童子救出は、すこし行動の質がちがうような気がした。

半月後に、試作の物ができたので、狛だけを誘って岩山を捜し、ためしてみた。狛が放った矢は紐の重さをものともせずに飛び、岩肌に突きささった。垂れた紐に手をかけた公孫龍は、岩山をすこし登っただけで、

「とても、だめだ」

という顔で降りてしまった。紐が細すぎること、紐をつかんでも手がすべってしまうこと、足をかけるところがないこと、など、欠点が多かった。しかし紐を太くして縄状にし、さらに手足を支えやすい輪を作るとなると、飛矢の威力は極端に落ちる。

――発想自体がまちがっていたのか。

頭をかかえた公孫龍に近寄った狛は、

「手はある」

と、はげますようにいった。大型の弩から矢を放てばよい、といった。

「あっ――」

公孫龍は愁眉をひらいた。発想を、狛の強弓に寄せすぎていた。弩の威力は狛のそれをうわまわる。しかも狛が、大型の弩、といったところに妙味がある。弩のなかでも勁い弦が張られたものは、手ではなく足で引く。その弦をさらに勁くして、ふたりがかりで引くような大型の弩を作ってもらう。それだけではなく、その弩を運搬に便利な組み立て式あるいは折りたたみ式にしてもらう。険道をすすむ隊を想定すれば、そういう工夫が、のちの燕軍の外征に役立つはずである。

木工専門の雲常家から、当主の代人として佗住が下都にきていることを知っている公孫龍は、まず旭放に紐の改良を依頼してから下都へ急行し、佗住に会った。

佗住は礼儀正しい。公孫龍をみるとすぐに礼容を示し、

「あなたが陰でどれほどの尽力をしたか、主人は推測し、はなはだ感嘆し、感謝しております。鵬家が存続したことで、趙の商工業に支障が生じなかっただけでなく、羈束にあった鵬由どのを燕へ移して、飛翔させたことは、余人ではおもいもつかぬ放れわざでした。おかげでわが家も、燕王のお声がかりで、大きな仕事がいただけました。ここにもあなたの陰助があったことは、充分に承知しております」

と、鄭重に述べた。

「そこで、佗住さん、ひとつお願いがある。こういう弩をいそいで作ってくれまいか」

公孫龍は白布をひろげて図をみせた。

「鼎足をすえる形の弩ですな」

鼎足とは、三本足をいう。

「その鼎足は、伸縮自在にしてもらいたい。弦はふたりで引くほど勁くし、弩自体は馬の背に乗るように、つまり現地でかんたんに組み立てるようにしてもらいたい。これは、私事に属する製作ですが、かならず軍備に活用できるので、忌憚をおぼえずにやっていただきたい」

「わかっております。あなたが私欲のために活動することはない。利を求めずに起こす行動が、けっきょく大利を招くことになるというふしぎな賈人は、天下広しといえども、あなただけでしょう」

そういって佗住は微笑した。

佗住や旭放が改良してくれた物がすべてそろったのは晩秋のはじめである。数日間、それらの物をためした公孫龍だが、その試行の場に狛を立ち会わせなかった。

——よし、これでやるしかない。

と、心を定めた公孫龍は、客室にいる狛のもとへゆき、

「あなたと配下のかたがたは、ここにとどまっていてもらいたい。王孫季どのの救出はわれらだけでやります」

と、深意をこめていった。

「そのわけは——」

狛はぞんがい冷静であった。

「楼煩のなかであなたの地位がどれほどであったか、わたしは知らない。が、低くはなかったでしょう。もしかしたら、あなたは王族のひとりかもしれない。あなどれない勢力をもっていたあなたが、いまの楼煩王に叛いたのであれば、王の近くにいる者たちはあなたの去就が気がかりとなり、ゆくえを探るにちがいない。楼煩の間諜は趙を探り、他国をめぐったにちがいない。燕は間諜が潜入しにくい国ですが、それでもはいりこんだと用心したほうがよい。危険人物とみなされたあなたが、獄を破って王孫季どのを救出したとなれば、むこうはどうおもうでしょうか。暗殺団が派遣されますよ。かれらを殺すことも、かれらに殺されることも、あなたの本意ではありますまい」

狛は冷笑した。その笑いには、わたしはそれほどの大物ではなく、それほどの用心は不要

である、という意いがふくまれていたようにみえた。が、狛はすぐにその笑いを消した。

「あなたのおもいやりの篤さは、尋常ではない。その厚意をうけとるとしても、奇崖までの道を嚮導する者がいなくてはなるまい。わが配下を貸そう」

「いや、わたしの下に、あの一往復で道順をおぼえた能才がいます。どうか、ご心配なく――」

狛とその配下を見張っている者がいる、という想定のもとでは、狛の配下をひとりも動かしたくない。とにかくこの救出の策を狛から切り離しておかないと、今後の狛の進路に支障が生じる、というのが公孫龍の予感である。要するに、狛とその配下のすぐれた弓術を燕のために活かしたいし、その活用を楼煩にさまたげられたくない。

そういう意いをもつ公孫龍は、狛に出発の日を告げずに発った。従者のなかに大男の房以がいる。紐と網を工夫してくれた旭放が、

「なにをするのか知りませんが、房以は役立つでしょう」

と、いい、従者に加えさせた。

すでにかなり寒い。いつ雪がふりはじめるのかわからない。大量の降雪があれば、道は閉ざされ、ひきかえすしかない。

途中、枯れ色の山谷に雪が舞った。

また、骨にしみるほどの凍雨に遭った。

いかにもつらい旅にはちがいないが、嘉玄、洋真、童凜などの従者は、ほがらかであった。

死にかけている楼煩の少年ひとりを救助するのに、これほどの月日をかけ、これほど大がかりにしなければならないところに、おそらくたいした意義はない。しかしこれまでの公孫龍の生きかたをみると、その思考と行動に意義を求めなかったにもかかわらず、大きな意義を産んでいる。このたびもおそらくそうなるだろう、という予感が、かれらをほがらかにしている。

公孫龍はときどき天空を仰ぎ、

――王孫季に生命力があれば、われらを奇崖の下まで導くだろう。

と、祈るように念(おも)った。

ふたつ谷を越えた。司馬匝(しばい)の嚮導は正確であった。好天がつづき、明日にも奇崖に着けるという地点で、司馬匝は表情を曇(くも)らせ、

「天気が良すぎます。明日か明後日に、荒天になるかもしれません。今日のすすみを速めることをお勧(すす)めします」

と、述べた。

同様にいやな予感をおぼえている公孫龍は、

「いそごう」

と、従者に強い声をかけた。が、この強行はむくわれなかった。日没までに崖下に着けなかった。しかしながら星の位置をたしかめるように瞻(み)た司馬匝は、

「奇崖は近いです」

と、いい、夜間でも先頭をすすみ、林間の径を見あやまらなかった。

——たいしたものだな。

大いに感心した公孫龍は、もう奇崖がみえるところまできましたと司馬匜に告げられて、従者と弩などを馬からおろした。むろん奇崖はみえない。天空にあった星は消えている。炬火のもとで、弩の組み立てがはじめられた。黎明を待って、その弩から矢が発射される。落下する人を受ける網は、林のなかでは拡げられない。またこの網を水平にするためには、高さの調節が要る。足場が平坦ではないから、網の八方の端が棒に懸けられるようになっている。房以がもっとも低い位置にいて高く棒を揚げることになろう。

できるかぎりの作業を終えた全員は、しばらく休息した。

森林のなかで迎える夜明けは遅いが、奇崖のあたりはまったく草木がないので、黎明とともにその奇形というべき岩山が闇のなかからうっすらと出現した。天空にはおどろくべき速さで凍雲が増えはじめた。夜間はまったく風がなかったのに、にわかに風が吹きはじめた。

——まずいな。

強風になれば、鏃の端から垂れてくる紐が大きく揺れて、摑めなくなる。公孫龍は鼎足の調節をながめながら、碏立を呼び、

「なんじの両肩に乗らねばなるまい。それでも届かなければ、われを放り上げよ」

と、いい、奇崖にむかってじりじりと近づいた。崖下に到ると、ふりかえって手を挙げた。いつでも弩の引き鉄を引いてよい、という合図である。

雪がふってきた。

仰向いていた公孫龍の視界に飛矢が出現し、その矢が岩に突き刺さった。ゆらり、と紐が垂れた。公孫龍の手はその紐にとどかない。すばやく碏立はしゃがんだ。その背に足をかけただけで、公孫龍の手は紐を摑んだ。引いてみたが鏃はぬけない。

「二の矢は要りそうもない。これで登ってゆく。なんじは網のほうをたのむ」

紐にはところどころ結び目と輪が作られており、公孫龍はそれをつかって岩山を登る練習をかさねてきた。ただし雪あるいは雨のなかでは、紐を摑んでいる手がすべってしまう。

ふりはじめた雪は、天から落ちてくる白い花びらのようにみえた。それが風のせいで、浮き上がることもあった。公孫龍も揺れた。揺れながら、ゆっくり上昇した。

弩の狙いはかなり正確で、鏃は崖上(がいじょう)近くの岩肌に突き刺さっていた。ただしそこまで登っても崖上に立つことはできない。公孫龍は手足をかけるために鉄の細い杭(くい)を四、五本用意してきた。それを金槌で打っては登り、また打った。下から眺めていてはわからなかったが、崖上近くの岩に大きな亀裂があり、それを利用してからだをせりあげれば、崖上であった。

息をしずめるために公孫龍は、岩の上で腹這(はらば)いになった。杭を打つ音が監視の兵に聴かれたかもしれないので、すぐに動かず、相手の用心がゆるむのを待ったともいえる。

獄舎は板屋(はんおく)で、どこにも土がつかわれていない。板蔀(いたじとみ)とおもわれる部分があり、そろりと起(た)った公孫龍は、それをこじあけた。

なかに牀(しょう)ひとつがあり、その上に赤衣(せきい)の少年が横たわっていた。

「もし――」

公孫龍が声をかけても少年は反応しなかった。

――すでに死んでいるのか。

公孫龍の手は少年の息をうかがい、鼓動をさぐった。全身は冷え切っているが、死んではいない。

――よかった。

躊躇なく少年を抱きあげた公孫龍は、舎外にでて、下をみた。ひろげられた網は小さな輪にしかみえなかった。

「落とすぞ」

と、下の者たちに呼びかけて、少年から離した腕に、矢がかすめた。見張りの兵が朝食を運んできて、公孫龍に気づいたのである。その兵は二の矢で公孫龍を斃そうとしている。公孫龍は使わなかった鉄の杭に手をかけた。が、その杭を投げても兵の位置までとどかない。剣さえあれば飛矢をかわせるが、登攀のじゃまになるので、身につけてこなかった。

――楼煩兵は弓矢の名手が多い。

しかしこの者は、最初の矢をはずしたのであるから、射手としては劣弱であるかもしれない。炊事係りであれば、その矢は弱い。

兵の矢が放たれるまでに、公孫龍はさまざまなことを考え、弦が引きしぼられたと感じるや、崖上から飛んだ。矢は弱かった。

公孫龍を射殺するはずの矢が放たれる直前に、崖下から発射された勁矢が、木の大楯を割り、兵のからだをななめに貫いていた。

雪とともに落下した公孫龍のからだは網にうけとめられた。落ちる途中で公孫龍は金槌と杭を左右に投げ棄てた。自分のからだを傷つけることになるかもしれないからである。

網の外にでた公孫龍は、

「どうか――」

と、童凜に問うた。この、どうか、にはふたつの問いがふくまれている。その後の少年の容態はどうか。崖上の監視兵の動きはあるか。それを呑み込んだ童凜は、

「童子の意識は、まだありません。上からこちらを瞰る兵はいません」

と、答えた。獄舎と監視所はぞんがい離れているのかもしれない。

「そうか、とにかくいそごう」

弩と鼎足の分解をみとどけた公孫龍は、網と棒を森林のなかに放擲させ、房以には、

「よくやってくれた」

と、声をかけた。つぎの敵は、人ではなく雪である。だが洋真は、

「楼煩兵はこのあたりの地形に精通しているので、しつこく追跡してくるでしょうが、雪がわれらの足跡を消すように、積もってくれます」

と、逆の発想をした。

「なるほど、敵も、ときには味方になってくれるか」

雪はふりつづいている。公孫龍は洋真の予想を共有するかたちで、楼煩兵の追跡を甘く観ないために、夜間もできるかぎり移動した。翌日は晴れたが、午後にまた雪になった。その間、嘉玄が王孫季を介抱しつづけていた。二日後に、王孫季は馬上で意識をとりもどした。すかさず公孫龍は、狛からあずけられた牘を王孫季にみせた。

「この人たちは、あなたさまの味方です。安心して旅をおつづけください。すべてを公孫龍におまかせなさるがよろしい」

読み終えて顔をあげた王孫季は、

「公孫龍は——」

と、細い声で問うた。

はじめてまともに王孫季の顔をみた公孫龍は、

——若いころの趙王に似ている。

と、感じた。すると王孫季はやはり主父の子で、狛の子ではないのか。

「公孫龍は、それがしです」

と、やわらかい口調でいい、やさしいまなざしをむけた。

「そなたは天からあの獄舎に舞い降りたのか」

「いえ、地から這い上がったのです」

「そなたは超人にちがいない」

「はは、それはちがいます。いろいろな人の智慧と力がそれがしを支え、あなたさまのもとに押し上げてくれたのです。あなたさまのいのちも、あなたさまだけのものではないのです。あなたさまが死ななかったのは、多くの人があなたさまを助けたからで、それがし独(ひと)りの力ではないのです。おわかりになりますね」

王孫季の顔色はまだ蒼白(あおじろ)いが、思考には血が通いはじめている。公孫龍のことばを、とまどうことなくうけとめたようで、しっかりとうなずいた。

――この少年は賢い。

しかも人の情理(じょうり)がわかるとなれば、楼煩との縁を絶(た)ち、王孫季という身分と名を棄てた生きかたをさせたい。王孫季自身が、楼煩の王女の子であるという自覚をどの程度もっているのか、この時点では、たしかめようがない。その自覚が弱ければ、あるいは、その自覚がなければ、この少年の未来には、別世界がひろがる。

公孫龍に率いられた小集団は、雪に追われるかたちで、下都に到着した。まっすぐ上都(じょうと)に帰らなかったところに、公孫龍の思惑(おもわく)がある。ここで、房以をのぞくすべての従者を嘉玄に率いさせて、嘉玄には、

「狛にだけ、三日後に、旭放家にくるように伝えてくれ」

と、いいふくめた。

かれらをさきに出発させた公孫龍は、協力者である陶林と佗住に会って謝意を述べ、そのあと幌(ほろ)付きの馬車を借りた。手綱をもたせた房以に、

「まっすぐに旭放家へやってくれ」

と、いった公孫龍は、王孫季をいざなって車中の人となった。あえて夕方に下都をでたのも、用心のためであり、王孫季を衆目にふれさせない配慮である。この馬車は、夜間もゆっくりと上都にむかって走った。

囚人のあかしである赤衣を脱がせて、下級貴族の子弟が着るような衣裘に着替えさせた王孫季に笠をかぶらせた。そういう身なりにさせたこの少年を、旭放家の裏口からなかにいれた。

房以の報告をうけた旭放が趨ってきた。笠をとったばかりの王孫季を視た旭放は、その眉目の秀気に打たれ、

——この童子はただものではない。

と、すぐに察した。

「房以からきいただろうが、この少年の体調は、まだ正常ではない。しばらく人目につかぬところで静養させてもらえぬだろうか」

公孫龍に頭をさげられた旭放は、

「たやすいことです。あの別宅をつかいます。信用できる者を三人選んで付き添わせましょう」

と、好意をあらわにした。旭放は王孫季の容貌に心のどこかを刺戟されたらしい。

多少、房以になついた王孫季が、ふたたび笠をかぶり、幌付きの馬車に乗って別宅へむかったあと、公孫龍は旭放にむかって、

「二日間、ここに泊めてもらいたい。二日後に狛という者がここにくる。その者との話し合いしだいで、あなたにお願いすることが生じるかもしれない」

と、ことばに翳をひそめていった。

旭放は静かに笑った。

「龍子は、どこへ行っても、人助けをしている。あなたの深慮に添えば、福に遭えることはわかっていますよ」

「そういってくれるのは、うれしいが……」

狛の志望しだいで、公孫龍の思惑はこわれてしまう。事がおもい通りにはこばないのは世の常であるから、公孫龍は我意を抑える気分で狛を待つことにした。

二日が経った。

狛が独り馬車に乗って旭放家にきた。

すぐに奥の室にかれを導き入れた公孫龍は、

「人をほんとうに救うのは、むずかしいことだ、とおもっている」

と、おだやかな口調でいった。

「どういうことですか」

狛は公孫龍の意中をさぐるような目つきをした。

西帝と東帝

対座している狛にむかって、公孫龍は懇切に語りはじめた。

「本来、権力争いに無関係であるはずの少年が、その身分の高さゆえに、殺されたり、放逐されたりすることは、中華諸国でも昔からくりかえされてきた。このたび、楼煩の王女の子である王孫季は、あなたの憐情によって、凍死をまぬかれて、わたしの手もとにきた。むずかしいのは、ここからです」

狛は口をひらかない。公孫龍の意中を察しようとする目である。

「王孫季の自覚の程度と楼煩の王族への執着の度合が、わたしにはわからない。要するに、別人に生まれ変わりたくないのであれば、いまからあなたが迎えにゆき、王孫季を擁して燕から去ってくれませんか。そうではなく、王孫季は奇崖で死に、燕にいる少年は別人であるとするなら、この少年が成人となるまで、会わないでもらいたい。わたしの意趣をわかってもらえますね」

すぐに狛は目をそらして、一考した。ほどなくまなざしをもどして、

「わたしを救出隊からはずした時点で、あなたの意図は、察しがついていた。王孫季は生まれてまもなく生母から離され、わが族にあずけられたので、自身の尊貴さをわかっていない。このたびも、なぜ自分が捕らえられて幽閉されたのか、知るよしもなかったはずだ。わたしでは奇崖の獄を破って王孫季を救えなかっただろう。あなたでも無理だ、となかばあきらめていた。しかるに、あなたは王孫季を救いだした。わたしがどれほどおどろき、感謝したか、それだけをいいにここにきた。あの少年の将来は、あなたの掌のなかにある」

と、はっきりいった。公孫龍は軽く手を拍った。

「ものわかりが早い。それでは今日から王孫季はわたしの義弟ということにします。氏はもちろん公孫ですが、名は、どうしようか。白がよいかな、いや、それではあなたとかぶってしまう、白は素ともいうので、素にしよう。公孫素、これが王孫季の新しい氏名です」

「公孫素ですか。悪くない。成人となるころの公孫素をみたいものです」

狛は胸を染めていた感情をあっさり澡ったようないいかたをした。最後に王孫季に会っておきたいともいわない狛の心念の定めかたに、いつわりはないとみた公孫龍は、

「つぎは、あなたの身のふりかたですが……」

と、話の方向を変えた。

「客のままでは、迷惑になりますか」

「とんでもない。百人くらいの客であれば、養える財力はあります。しかし、あなたと従者はそろって弓術の名手だ。それをわたしは腐らせてしまう。どうです、燕王の近衛兵になり

ませんか」

「いや」

狛は首を横にふった。

「わたしは楼煩の者とともに主父(しゅほ)に仕えた。が、楼煩人はつねに格下にみられた。燕でもそれはおなじでしょう」

「では、亜卿(あけい)すなわち楽毅(がっき)に仕えるというのは――」

「楽毅の私兵は、おもに旧中山(ちゅうざん)人でしょう。われらは趙(ちょう)兵として多くの中山人を殺した。楽毅のもとでは、かならず居ごこちが悪くなる。わたしは楼煩を去るときに、主は公孫龍にしたい、と決めたのです。あなたほどの人はどこにもいない。あなたのもとにいて、弓矢が腐ってもかまわない。すなわち、生まれ変わるのは、王孫季だけではない、ということです」

「吁々(ああ)――」

公孫龍は胸がふるえるほど感動した。

齢を重ねてゆくと、人は他人あるいは先人(せんじん)を敬慕(けいぼ)する念(おも)いを失ってゆく。それこそ、精神の老いといってよい。狛はおもいがけなく主父の餓死(がし)を知り、ゆきがかり上、公孫龍の暗殺に手を貸して失敗し、楼煩の愚劣な内訌(ないこう)にまきこまれて、その禍(わざわ)いからのがれたあと、強烈な自己嫌悪におちいった。

――つまらぬ生きかたをしてきたものだ。

このままでは、なんの意義もない人生で畢わってしまう。それはそれでかまわないのか、と沈思したとき、公孫龍の存在をまぶしく感じた。

——自分の渾身の矢をかわした男だ。

そんな男が賈人でいることのふしぎさに惹かれた。たぶんあの男も、生まれ変わったのだ。自己否定の上に立った姿容が、あれだ。それに気づいた狛は、おのれの生きかたを大きく変えるために公孫龍に学びたい。そうおもうことが、狛にとって人生のもっとも重要な岐路であった。

狛の心情がわかってきた公孫龍は、

「あなたを死ぬまで近くに置くことにします。あなたもそれを望んでいる。が、あなたの配下にはそこまでの覚悟はないでしょう。それぞれ、願い通りにしてやってもらいたい。燕王はめずらしい英主です。楼煩人をさげすむことはしません。王の護衛兵になることを勧めます」

と、あえて強い口調でいった。

「ふむ、これから帰って、みなの真意を質してみる。楼煩人としての誇りと弓矢を棄てられない者の処遇は、あなた、いや、主におまかせしたい」

狛はことばと容をあらためた。

公孫素への伝言を一言も遺さずに退室した狛が、旭放家をあとにしたと知った公孫龍は、

「さて、うまくゆくかな……」

と、つぶやき、旭放にだけ事情をうちあけるべく、奥の室へ移った。

「旭放どのよ、あの子を、あなたが育ててくれませんか」

肝心な話とはそれである。

斉から帰って今日までの間、旭放の顔をみるたびに、井戸に身を投げて死んだ女について語りかけては、ことばを喉のあたりで止めてきた。

「あなたの妻子が帰ってくることはない」

そういうのが、つらかった。楼煩の王女の子が八歳であると知ったときに、旭放の子が斉兵に拉致されたのが十二歳であったことを憶いだした。旭放の記憶にある子は十二歳のままであろう。その残像に、助けた子を重ねられないか。

「あの子は、わたしの義弟としました。公孫素という氏名です。一目して、邪気のない子である、とわかりました。それでも、ひねくれたり、手に負えなくなる場合もあります。そういう場合は、義兄としてわたしが鍛え直します。あなたのように多くの人を観てきた苦労人には、あの子の良否と賢愚はすぐにわかるでしょうから、遠慮なくわたしにいってください。お断りになるなら、いま、ここでいってください」

「いや……」

小さく嘆息した旭放は、

「つくづくふしぎなことがあるものだ、とおもっていますよ。あの子がわが家にはいってきたとき、温風を感じたのです。この厳寒のさなかに、ありえないことです。ああ、わが子が帰ってきた、とおもわず涙ぐみました。長年の鬼神への祈りが亨ったのだ、と実感しました。あの子を養子としたい、とすぐにおもいましたが、あなたの意向をたしかめてから、頼もうと静黙していました。ところが、わたしがいいだすまえに、あなたがいってくれた。これほどうれしいことはない。なんで断りましょうや。喜んで育てますよ」

と、沸騰しそうな感情を抑えるようにいった。

「よかった」

公孫龍は涙がこみあげそうになった。せっかくの大家が、旭放の死とともに淪没するのは、燕にとっても損失となる。後継者ができれば、この家だけでなく国にとっても福利となる。

旭放を誘って馬車に乗り、公孫素を迎えるべく、みずから手綱を執った公孫龍は、

「あなたが作った紐が、あの子をたぐり寄せたのです」

と、しみじみといった。

雪が烈しくふりはじめた。車中の旭放は天を仰いで、しきりに感嘆の声をもらしていた。

冬のあいだに狛は配下の意思をたしかめるべく、ひとりひとりに問い、話し合って、ふりあてを定めた。その決定をきいた公孫龍は、楽毅に仲介を頼み、燕王の側近である呂飛にも事情をうちあけて、年明けとともに、十二人を狛のもとから去らせて燕王の近衛兵とした。残った配下は三人である。公孫龍はその三人と面談した。

「今日から、あなたがたの主は、狛ではなく、わたしです。わたしは商賈をおこなっており、人と接する機会が多い。あなたがたがわたしの代理となって、商人だけでなく、庶民から王

侯貴族まで、多くの人と話すときがくるでしょう。そのときのために、中華のことばと基礎知識を学んでもらいたい」

そうさとした三人を、郭隗先生の高弟である荀珥に託した。郭隗門下にあって人へのおもいやりがもっとも衍かであるのが荀珥であるとみた公孫龍は、すでに話をつけておいた。

郭隗の思想がどのようなものであるのか、一概にはいえない。その底辺に儒教があることはまちがいないものの、儒教のように形而上学をふくんだむずかしいものではなく、どちらかといえば実利主義だが、あえていえば、

「人間学」

である、と公孫龍はおもっている。ゆえに郭隗の教えのなかには、理解しにくい抽象語はほとんどふくまれない。

そういう教義をのみこんでいる荀珥が、その三人にわかりにくい教えかたをするはずがない。ちなみにその三人の名は、

狟

狶

狽

といい、すべてけものへんが付いている。そろって二十歳未満である。その若さであれば、環境の変化に順応しやすいという狛のおもいやりが三人を残留させたといえなくない。

気がつけば、公孫龍は三十歳である。

しかしながらその歳月の半分以上が王子稜としての時間であり、公孫龍となってからは、まだ成年に達していない、といういいかたができる。

——自分は未熟である。

この意識をもちつづけてさえいれば、失うものより得るものが大きいであろう。そもそも人格が熟するということが、どういうことなのか、公孫龍にはわからない。

——子瑞はどうしただろうか。

孟嘗君に従って魏へ移った子瑞の消息どころか、孟嘗君の動静さえきこえてこない。もはや孟嘗君の時代ではなくなったのであろうか。

春風が山野を撫でるように吹くころ、邯鄲にいる牙荅の使いがきた。はじめてみる青年である。かれは韓の武遂という邑に生まれたが、二年まえに、韓が秦の威圧に耐えかねて、その邑を秦王に献じたため、秦の支配を嫌ったかれの家族は、武遂から船に乗ってはるばる河水をくだり、邯鄲の近くまできたという。

「困窮していたわれらを、牙荅さまが助けてくれたのです」

青年の氏名は、中容、という。父母と弟も邯鄲の公孫龍家で働くことになった。

「それほど秦が嫌いか」

家と土地を棄てるのは、尋常な覚悟ではない。公孫龍は微笑しながら問うた。

「嫌いです」

中容は強い感情をみせて答えた。かれがいうには、秦の法は過酷といってよいほど厳しく、その法に縛られた人民は、人以下になり、秦王の道具と化す。五家で一組となり、そのなかの一家に犯罪者がでると、その家族だけではなくほかの四家の家族も処罰される。それゆえどの家も他家をうかがい、親睦が失われてしまう。また兵事においても、五人が一組となり、そのなかのひとりが戦死すれば、ほかの四人が敵兵の首級を獲らないかぎり、軍法によって断罪される。

「秦は、人民が個として生きることを宥さず、個性をのばす思想をもっていないのです。あえていえば、秦の国民になることは、秦王の奴隷になることなのです」

その悁憂の色の濃さをみた公孫龍は、秦がどれほど恐るべき国であるかがわかった。

「よく話してくれた」

と、いいながら、公孫龍は申容がたずさえてきた牙荅の書翰をうけとって、読んだ。

――まことか。

安平君（公子成）にかわって趙の宰相となった李兌は、主父のころの国交の方向をあらため、秦との友好を棄て、おもに魏と結ぶようになった。そのため趙は秦軍に攻められて、梗陽の邑を失った。趙という国は創建当初から邯鄲が首都というわけではない。最初の首都は晋陽といい、邯鄲からみれば、はるかに西北にある。その晋陽の西南にあるのが梗陽である。

報復のために、李兌は諸国に呼びかけて、連合軍を形成し、秦を攻めようとしているらしい。その呼びかけに応じそうな国が、楚、韓、魏、斉という四国もあることが、公孫龍をおどろかせた。

——趙の李兌が、天下の李兌になったのか。

下都にとどまって木工の指導をつづけていた佗住が、あわただしく帰途についたわけは、そのあたりにあるのだろう。

公孫龍は中容にむかって、

「趙相の李兌が五国の兵を総攬して秦を攻めるかもしれない。その兵事の成否について、報告してくれ」

と、いいつけた。

「承知しました」

中容は船ではなく馬をつかって往復するようである。中容が去ったあと、公孫龍は念のため、李兌の大きな動きを郭隗先生に報せた。はたして郭隗先生はそれについての情報を食客から得ており、

「そもそも、秦と趙のあいだに嫌隙が生じたのは、宋の取捨が原因である」

と、公孫龍におしえた。

斉と魏のあいだに、宋という国がある。古い国で、創立したのは殷の紂王の庶兄にあたる微子啓であるといわれている。それからおよそ七百年つづいてきたが、その王室の衰頽ぶりをみた斉王が宋国を併呑しようとした。それを知った秦王が起賈という者を遣ってその略奪を止めさせようとしたが、斉王は聴かず、趙を誘って宋を討った。すなわち斉に手を貸した趙も、秦に怨まれたというわけである。

「宋を援助する国はないのですか」

「いまの宋王偃は、古昔の夏の桀王に似ており、暴君であるといわれている。三年も経たずに滅亡するであろう」

「そうですか……」

殷の後継の国である宋には、ほかの国にはない古記録や伝承があるにちがいない。が、それらは宋の滅亡とともに散佚し、やがて消滅してしまうにちがいない。郭隗先生は儒者ではないので、尚古癖をもっていないが、公孫龍は周王室の図書室になんどもはいったことがあり、珍書をみつけて喜んだことがあるので、周王室よりも古い書物をもっている宋王室の衰亡をひそかに愁えた。

実際、この年から二年後に、宋は斉に攻められて滅亡することになる。宋王偃は魏へ奔り、河水のほとりにある温という邑で死ぬ。ただし斉は宋国全体を自国の版図としたわけではなく、魏と楚にも分け与えた。

さて、夏になると、申容がふたたび報告にきた。

「李兌さまが出師なさいました」

「ほんとうに、ほかの四国の兵を糾合したのか」

「合従が成ったとききました」

「たいしたものだ」

合従は合縦とも書かれる。縦はたてということで、秦に対抗するために諸国がたてにつらなることをいう。かつて諸国は孟嘗君の名望と実力を慕って連合したが、李兌はそれに比肩できるほどの実力者になったということである。

「その合従軍の成果をきかせてくれ」

「わかりました」

申容は復った。孟嘗君は斉、魏、韓という三国の軍を率いて秦軍を圧倒したが、李兌はどうなのであろう。秋になってやってきた申容の報告は、公孫龍を落胆させた。

「五国の軍は西進したものの、成皋にとどまったまま動きません。秋のうちに解散するのではないか、とうわさされています」

「成皋まで進んだだけか」

成皋という邑は韓の重要な軍事都市であることを公孫龍は知っている。が、その邑は周都よりも東にあり、合従軍は韓の国を横断して秦国に踏み込むどころか、韓の東部で居竦まっている。

――それでは李兌の名は孟嘗君のそれにまさることはできない。

冬になると連絡にくることができないといった申容が、晩秋に上都にきた。その報告をきいた公孫龍はあっけにとられた。なんと李兌は成皋で滞陣しているあいだに、秘密裡に秦と和睦し、秦のために軍を反転させて魏を攻めたという。

「策士が策におぼれたというやつか……」

向背がつねの乱世であるとはいえ、李兌がおこなったことはひどすぎる。これで当分のあいだ趙は諸国の王から信用されなくなる。

公孫龍のつぶやきをきいた中容は、

「もはや天下に信義を立てる傑人はいないのでしょうか」

と、問うた。

「いないことは、ない」

「えっ、まことに——」

中容は眉宇を明るくした。

「時宜がくれば、わかる」

かつて孟嘗君だけが天下に信義を立てた。それを師表とする王族や貴族がこれから出現するであろうし、すでに燕の昭王と亜卿の楽毅が天下をおどろかすような英図を画いて粛々と準備をおこなっている。しかし大国ではない燕が単独で偉業をなせば、いっせいに諸国の王から嫉妬され、失敗すれば、二度と起てないほど侮辱される。いずれにしても、天下を相手に事を起こすことはむずかしく、慎重な配慮が要る。

李兌はそれをおこたって失敗したとみえるが、最初から合従策をこわすために、秦と黙契を交わしていたとすれば、したたかというほかない。

——趙はあいかわらず秦とつながっているのか。

諸国の外交の裏面を、公孫龍ではさぐりようがない。

年末に、公孫龍は郭隗先生に呼ばれた。

「中原では、未曾有のことが起こった」

「それは——」

公孫龍は息をのむおもいで、つぎのことばを待った。

「秦王の提案で、秦王自身が西帝となり、斉王を東帝と呼ぶことにして、斉王の許諾を得た」

「西帝と東帝ですか」

「秦王と斉王が天下を二分し、他国の王の上に立って、経世をおこなうということだな」

「ずいぶん驕ったものです」

すぐに公孫龍の胸中に嫌悪感がわいた。

昔は、諸侯が会合をおこない、周王の代人の立ち会いのもとに、盟約が定められ、盟主が決まった。その盟主こそ、天下を実質的に運営する者で、霸者とも呼ばれた。しかし、いまや、諸国の王が集まって天下経営について話し合ったことはなく、勢力圏を拡大しつづける秦と斉の王が、かってに霸者を自称したにすぎない。

「それにしても、帝とは……」

公孫龍はあえてあきれてみせた。郭隗先生もわずかに嗤い、

「秦王に近侍する者たちが智慧をしぼったのであろう。王にまさる称号がないか捜したところ、古い史料をみつけたにちがいない。殷王朝では、たとえば紂王のことを正式には帝辛といったように、帝という称号が用いられた」

と、誨えた。

「いまの秦王が帝辛のごとき人であれば、早晩、滅びましょう」

驕る者は、かならず滅亡する。それが歴史の原則である。

「斉王に近侍する者たちは、東帝と称することが諸国の王の反発をまねくと憚ったのだろう。今月、王号にもどした。それゆえ、西帝と東帝が在ったのは、ひと月余りということになる。斉は賢明であったよ」

斉王が東帝と称することをやめたのなら、秦王も西帝の称号を棄てざるをえないが、自身の意識としては、あいかわらず西帝であろう。秦の非情な伸張を、いちどは孟嘗君が阻止したが、李兌ではむりだとわかったいま、

——主父に生きていてもらいたかった。

と、公孫龍は痛惜した。

好機到来

極寒の年末から年始にかけて、鵬由が体調をくずした。幽さがただよう病牀を払えないまま、正月中旬に病状が悪化した。愁顔の公孫龍はみずから看病にあたった。

――燕の風土が鵬由に適わないのか。

そんなことまで考えるほど、憂愁が深刻になったとき、公孫家の事態を重く視た燕の昭王が王室の医人をつかわしてくれた。その医人は、扁鵲の裔孫であるといわれており、落ち着いて病人の脈を診ると、

「もう愈りかかっている。あと十日もすれば、平癒する」

と、冷静にいい、公孫龍を安心させた。

ちなみにこの医人の先祖の扁鵲は、春秋時代後期にあらわれた名医である。晋の上卿であった趙簡子が意識不明になったとき、その病状をいいあて、回復した趙簡子から四万畝の田地を下賜されたと伝えられている。

鵬由に関しては、疲労のせいで風邪をこじらせた、とわかったが、

——それほど熱心に勤めてくれたのだ。

と、あらためて痛感し、枕頭で頭をさげた。公孫龍が病室から離れなかったことを、牀上の鵬由は感じとっており、粥が喉を通るようになると、枕頭の公孫龍をみつめて、

「またあなたさまに助けられましたなあ」

と、嗄れた声でいった。

「助けられたのは、わたしのほうだ。燕の鉄工業が趙に比肩できるほど成長したのは、あなたがわが家にきてくれたおかげだ。燕王さえあなたに感謝している」

「わたしは趙の主父それに燕王というふたりの英主に会えた幸せ者です。最後の大仕事をさせてもらったのですから。そろそろ引退したい。主には伊枋がついております。理財はかれにまかせておけばよろしい」

この決意は固く、平癒するまえに邯鄲へ書翰を送った。二月の中旬に、子の鵬艾がみずから父を迎えにきた。

公孫龍にむかって礼容を示した鵬艾は、

「あなたさまはわが家を再興させてくれただけではなく、衰容の父に生気を与えてくださった。百端をもってしても、報恩はかないますまい」

と、真心をこめて述べた。

公孫龍は静かに微笑し、

「報恩など要りましょうか。鵬由どのが燕でなさったことは、一世の利を産み、子孫はその恩恵をこうむることになりましょう。わたしが鵬家にたいしておこなったことの百倍も、鵬由どのは返してくださったのです」

と、いった。鵬艾を三日間自宅でもてなして父との遊観の時間をつくった公孫龍は、四日目に盛大な送別会を催した。燕にいる大小の商人が出席しただけでなく、燕王にかわって楽毅が佐官を従えて来賓席に坐った。その楽毅が燕王の感謝状を代読して鵬由に手渡した。鵬由は感激をあらわにした。独り立ったかれは、

「鉄が兵器となることはご存じの通りですが、鉄を工具に、あるいは農具に用いたほうが、十倍も、いや百倍も、国を富ますことができるのです。燕では、たやすく鋳鎔ができるようになったのですから、その技術の恩恵を国民におよぼしていただきたい。燕を去るにあたって、わたしの願いをみなさまに申し上げました」

と、満座の人々にむかっていった。

この時代、耒といえば、大半が木製である。鉄を溶かして鋳型によって鋳込む技術をもっていながら、それを各国は王室がほぼ専有しているため、庶民の道具に活用するという発想をもっていない。

耒と耨に鉄を用いれば農業における生産が飛躍的に増大することに気づかないのが、ふしぎであるが、農作は旧態依然であるというのが現実であった。河北は土が堅いので、旧来の農具では歯がたたない。趙の農業生産が低く、工業が発展したのも、そのせいである。趙よ

り北の燕ではなおさらである。が、鉄器が庶民に普及すれば、森林や土壌の良否にかかわらず、林業も農業も豊かさを産むことになろう。鵬由が述べたことは、国力にかかわる、重要な提言であった。

送別会が終わったあと、公孫龍らは馬車をつらねて、鵬氏父子を遠郊まで見送った。その人馬の影が視界から消えたあとも、公孫龍は手を御者の童凜の肩において、馬車を駐めたままにした。

「鵬由どのが燕にきてくれただけで、燕の工業はみちがえるほど盛んになった。たったひとりの入来が、これほど国力を上昇させた。人の去就とは、恐ろしいものだ」

「鵬由どのを膝もとに置き、燕のために活用なさったのは、主ではありませんか。この勲功こそ、数千の敵兵の首を獲ったことにまさります」

童凜は口をとがらせた。

「いや、ちがうな。最高の勲功は、燕王にある。燕王の徳が鵬由どのを燕に招き、比類ない事業をさせたのだ。燕王をたたえるべきだろう。燕王にかぎらず諸国の王は、心骨をくだくほど臣民のために働いても、たれが称めてくれるだろうか。昔から君主や王は、自分のことを、孤、というが、君王のさびしさをなぐさめてくれるのは天と地の神しかいまいよ」

昭王の富国強兵策は実をむすびつつあるとおもわれる。しかしそれは最大限の人為というべきで、昭王の企望はその人為を超えたところで実現する。つまり天地の神が昭王の忍耐と徳政に憾かされて、道を啓いてくれるまで待つしかない。

――それは、いつのことになるのだろうか。

昭王が生きているあいだに、そういう奇蹟的な時機にめぐりあうのだろうか。

帰途、細流のほとりに矮い桃の木をみつけた公孫龍は、馬車をおりて、満開の花を愛でた。

――燕の国力も、いまや満開なのに……。

しかし天下の人々を賛嘆させられない。燕が北方の小国で終わっては、昭王はやりきれない。

この日から十日後に、なんと白海が公孫龍を訪ねてきた。いまや白海は近衛兵の副長である。趙の恵文王の密使としてきた、という。

「今夏、趙は斉へむかって軍旅をだします。実質的な将帥は趙梁ですが、名目的な主将は東武君です。斉軍が強敵であるうえに、東武君に戦歴がとぼしいとなれば、王のご心配は尋常ではなく、それがしに東武君の護衛をお命じになりました。それでも不安が大きく、公孫龍が付いていてくれれば、と仰せになりました。趙王のご招請に、お応えになりますでしょうか」

「ほう、東武君が、将か」

もともと東武君は、父をうやまい、兄を気づかう心をもち、孟嘗君にあこがれる志望の高い公子であった。勇気もあり、公孫龍から馬術の手ほどきをうけて、ひたすらそれにとりくんだという真摯さももっている。趙の王族のなかで卓出した存在になることは、すでにあきらかである。ただし軍事となると、二十二歳の東武君はいかにも未熟で、敵が強壮の斉軍であれば、なおさら恵文王の心配は大きいであろう。

「わかった。なんで趙王のご招請をおことわりするであろうか。三月の末までに、邯鄲へ移り、その出師にそなえるであろう。趙王にそのようにお伝えしてくれ」

「あっ、これで、それがしの使命ははたされました」

白海は胸をなでおろした。

「どうだ、白海よ、ひさしぶりに会ったのだ。二、三日、わが家でゆっくりしてゆかぬか」

「残念ながら、この使いは私事ではありませんので、そうもしていられません」

「ああ、恪固たることよ。では、出師の際にまた会おう」

もともと白海はすぐれた剣士であり、剣は人を活かすために用いるものだ、という信念をもっていた。しかしそれは個の正義であったが、趙の恵文王に篤く信頼されて、近衛兵をあずけられるようになると、公義を意識するようになり、人格に幅がでた。かつての鋭さが心身に淪み、平凡にみえる容貌となったが、

――それが風尚というものだ。

と、公孫龍は観た。恵文王が白海の人格を育てたともいえる。それは同時に、恵文王が白海から、活人、ということを学んだことにもなろう。

――うらやましい主従だ。

ひそかにきてひそかに去った白海を、独りで目送した公孫龍は、門のほとりでしばらく黙思した。

——趙が斉を攻める。

戦乱の世にあっては、各国の外交と軍事の方向はめまぐるしく変わる。とはいえ、その出師にきわめて重要な意義をみるという目を公孫龍はもっている。

——これこそ、燕にとって、天佑の端になるのではないか。

その端をつかんで、天佑を引き寄せれば、燕王の大願は成就する。室内にもどった公孫龍は、伊枋の顔をみると、

「夕、亜卿さまをお訪ねする。使いをだしてくれ」

と、いいつけた。公孫龍の目つきが、いつになくするどいので、伊枋は、

——なにがあったのか。

と、いぶかった。

夕方、公孫龍は童凜と仙泰だけを従えて、楽毅邸にはいった。控え室に坐ったふたりに、

「帰宅は朝になるかもしれぬ」

と、いった公孫龍は、今夜ここで述べることが楽毅の心胆にとどかなければ、燕王の志望は、亡くなるまで虚空にただようことになろう、と想って貴賓室にはいった。楽毅は人払いをしてくれた。

「今夜は、重大な話があるとのことだが……」

楽毅は公孫龍の心機をはかるように、そろりと切りだした。

「燕王の成否にかかわることです。これをのがしたら、燕王とあなたさまの成策は実現しな

いでしょう」

「それほどのこととは――」

公孫龍から発散されている熱気の正体をみきわめるまで、楽毅は同調しないという心の置きかたをした。

「それがしは趙王に懇請されて、今夏、斉を攻める趙軍に加わり、将である東武君を守護します。これが、どういうことであるか、おわかりでしょうか」

「ちょっと、待て。考えさせてくれ」

楽毅にとって、斉を趙が攻めるというのは、初耳である。すぐに感じた違和感を解明すれば、公孫龍の問いに答えられるであろう。

「趙が斉を攻める、この一点が、重要だな」

「さようです。趙は、主父の時代には中原の争いに加わらず、安平君と李兌が政柄をにぎるようになって、軍事の方向を中原へむけました。それでも斉とは争わず、親睦していました。ところが一転して、斉を攻めるのです」

「ふむ……」

思考が先走らないように抑えている楽毅は、

「趙は斉と国境を接しているので、徐々に版図を拡げようとする肚か。いや、それだけではないな」

と、ゆったりとした口調でいった。

「むろん、それだけではありません。趙王の弟である東武君をわざわざ戦場にむかわせるところに、深微（しんび）があります」

「趙王と東武君は仲の良い兄弟であるときいている。その弟を危険な目にあわせたくない趙王が、しかたなく出陣させるとなれば、その理由は、内にはなく外にある。そうか……、趙王は秦（しん）王に忌憚（きたん）しているのか」

楽毅の思考速度が増しはじめた。

「さきに宰相（さいしょう）の李兌が五国をむすんで秦を伐（う）とうとして失敗し、その謝罪をしなければなりません。斉王は秦王の制禦（せいぎょ）をふりきって宋（そう）を攻めました。また斉王は秦王の提唱する、西帝と東帝という呼称を、けっきょくうけいれませんでした。いま、秦王の憎しみは斉王にむけられ、秦王は自軍ではなく趙軍をつかって、憎悪を表現しようとしているのです」

公孫龍の説述（せつじゅつ）をきいていた楽毅の表情が、すこし翳（かげ）った。公孫龍はそれをみのがさなかった。

「どうか、なさいましたか」

楽毅はわずかに横をむいたが、心を定めたように、まなざしをもどした。

「ここだけの話、といって、ここだけにとどまることは寡（すく）ないが、龍子（りょうし）が相手であれば、秘密は保たれよう」

公孫龍はいやな予感をおぼえた。

「なんで、口外しましょうか」

「つい三日まえに、斉王の使者がきた」

「それで――」

「斉は明年、宋を討滅するという」

「吁々、ついに、宋という名門の国が滅ぶのですか。宋を奪う斉は、ますます秦に怨まれます」

「困ったことに――」

　いちど小さく嘆息した楽毅は、

「その斉の討伐軍に、燕軍が加われ、と斉王に命じられた」

と、いった。あいかわらず燕は斉に属国あつかいされているということである。

「まずいです」

　それでは秦王の憎悪が燕王にもむけられてしまう。

「いかにも、まずい。が、斉王の命令を拒絶すれば、どうなるか。斉軍は宋を滅ぼしたあと、わが国にむかってくるであろう」

「戦えばよろしい」

　公孫龍はあえてそういった。

「斉は、臨淄だけの徴兵で、二十万以上を出動させられる。わが国が徴用できる兵は、十万未満だ。戦って、勝てるか」

「あなたさまなら、勝てましょう」

「ふふ……」

楽毅は、すこし笑った。

「攻めてきた斉軍を撃退することが、燕王の本意ではない。それでは、斉王から敵視されないように心を尽くしてきた努力がむくわれない。このたびの斉王の強要も、従わざるをえない。斉王は韓珉という者を相として、宋を攻めるらしいので、わが国は、王族のひとりか、われがゆくことになろう」

斉の宰相が呂礼ではなく、韓珉になることを、公孫龍ははじめて知った。呂礼は斉と秦との和協をそれなりに実現したが、宋の攻伐の件で、斉王にとっては目ざわりの存在になったのであろう。

「さて、亜卿さま、昨年、斉が宋を伐った際に、燕にはなんの強要もしなかったのに、明年の攻伐に、兵を出せ、という。そこが、要点です」

公孫龍の脳裡にひらめきがある。

楽毅は公孫龍の深思をとらえたらしく、軽く膝を打った。

「そうか……、斉は韓と魏を誘って宋を伐つつもりであったのに、その両国から応答はなく、やむなくわが国に出師を命じた、そういうことだな」

「その通りです。秦の脅威をうけつづけている韓と魏が、斉への反感をもったこの機に、一時的に秦と連合して斉を攻めるかたちにもってゆけば、それに趙が加わらぬはずがなく、その連合軍の中枢に燕軍を置けば、当然、あなたさまが元帥となる」

「おう、それは――」

楽毅は、こんどは膝を撫でた。感情の昂ぶりをおさえるようなしぐさにみえた。

「連衡ということか」

衡は、はかりのさおをいい、横木であることから、連衡は諸国を横につらねることである。合従の対義語であるが、大まかにいうと、諸国連合に秦をふくめば連衡、ふくまなければ合従である。

「燕一国をもって斉に報復するのが、燕王のご本懐であることは、重々承知しております。が、それを成し遂げるまでに、燕王のご寿命は尽きてしまいましょう。諸国が斉への反感をもちはじめたいまが、千載一遇の好機なのです。燕王とあなたさまが、連衡を主導なさればよいのです。このときをのがせば、後悔の歳月をおくるだけになりましょう」

「ふうむ……」

楽毅は両腕を組んだ。公孫龍の着想を実現するためには、多大な外交力を必要とする。

「至難とおもわれることでも、熱意と誠意をもってむかえば、かならず道が啓けます。まず趙の李兌と趙王をお説きになり、本格的な軍事同盟を締結なさることです。それが成れば、かならず秦王が喜びますので、すかさず燕王は使者を秦へつかわせばよろしいのです。とにかく秦軍を引きだして、斉を伐たせることが肝要です」

公孫龍は饒舌になった。

――なるほど、それも報復の道か。

楽毅は心に衝撃をうけた。

諸侯から小国とあなどられている燕が、突然、挙兵して大国の斉を征討する。そういう壮図を実現するために、燕王は天下の逸材を集めつつ富国強兵につとめてきた。が、昭王の在位は今年で二十五年であり、諸国の王の在位が三十年をこえるのは稀であることを想えば、坐して好機を待ちつづけるのも限度があろう。

戦場にあって武力で勝つ以前に、外交力で勝つ。それが勝利というものであることは、外交的に孤立して敗亡した中山にいた楽毅は、痛いほどわかっている。

他国の力を借りて斉を討ちましょう、と説いても、けっして聴許しないであろう昭王を、連衡策の主導者におしあげれば、そのひそかな矜恃をくすぐることになり、報復への第一歩をふみだせるかもしれない。

――天下を相手に、しかけるのは、いまか。

身ぶるいするおもいの楽毅は、公孫龍の智慧を借りるだけ借りるつもりで、問いを連発した。

「外交には、表と裏があります」

王が正式な使者を派遣して諸国の王と宰相に折衝させることが、表の外交であるとすれば、食客などを暗々裡につかわして、その国でおこなわれる評議に有利な土台を築いておくのが、裏の外交である。郭隗先生は多くの賓客を養っており、かれらを諸国に放ってもらうように、楽毅がじきじきに説くべきである、と公孫龍は答えた。

「ははあ、財か」

楽毅は勘のよいうけとりかたをした。燕から放たれた食客が、いきなり諸国の王侯貴族の同意を得るのはむずかしい。その王侯貴族に養われている客に、財をもってとりいり、上を動かしてもらうのである。さいわいなことに、燕には財力がある。

「いざ、というときに、賓客は必要かな」

楽毅は苦笑した。楽毅家には賓客がほとんどいない。無為徒食のかれらを養うことは、家計における浪費となるだけだ、と楽毅は考えているのであろう。

このあと、ふたりは深夜まで話し合った。この話し合いによって、楽毅の意識が尖鋭化したという手ごたえを感じた公孫龍は、控え室でうたたねをしていたふたりに、はつらつとした声をかけた。

車中の人となった公孫龍は、昂奮が冷めず、拳をつくって、

「時をつかむ、ということは、渾身の力ですることだ。でなければ、時は逃げてしまう」

と、深い夜陰をふるわすほどの声でいった。

帰宅した公孫龍は、二時ほど熟睡した。

起床すると、まず狛を自室に招いた。いまや狛は客人ではなく、公孫家で働く家人のひとりであり、荷の運搬を宰領している。

狛を坐らせた公孫龍は、微笑をふくんだ口で、

「そなたの弓矢を腐らせずにすみそうだ」

と、いった。

「燕王の密命ですか」

「いや、趙王のご招請で、東武君を護衛して斉へ征く」

「斉軍が相手ですか。難敵ですな」

「しかし、いまの斉軍は孟嘗君の指麾下にあるわけではない。燕王のためにも、斉軍の強さがどの程度であるのかを、実地で知ることができる」

「斉軍は、長兵で有名です」

長兵とは、長柄の武器をいうが、飛び道具をふくめてそういう。斉軍の編制と長兵の強化は、斉の威王（孟嘗君の伯父）のころにあらわれた天才兵法家の孫臏がおこなったことで、当時、覇をとなえていた魏軍を圧倒し、孟嘗君に督率されるようになると天下で最強となった。

「それを頭にいれて、そなたが戦場まで引率する十人を選んでくれ。われは二十人を選ぶ。邯鄲の家中からも二十人を選抜するので、合計五十人を率いてゆくことになる」

「東武君の兵がどれほどいるかわかりませんが、戦況が悪化すれば、それらの兵は霧散し、われらの五十人で、一万以上の兵と戦う事態になるかもしれませんよ」

「はは、そのときは、東武君を護って逃げるさ。東武君の馬術は達者だ」

このあと、公孫龍は家人を集め、狛とともに、従軍させる者を選抜した。

東征の軍

公孫龍は狛とともに三十人の家人を率いて、早々に邯鄲へ移った。

邯鄲の公孫家をあずかっている牙荅は、公孫龍から仔細を語げられておどろいた。

「いよいよ趙は斉と敵対するのですか」

「いつかは、こうなると想っていた。十年まえに趙と斉が対立すれば、主父と孟嘗君の戦いになっていた。ところで、魏王に迎えられた孟嘗君のその後は、どうなっている。知らぬか」

孟嘗君の臣下となった子瑞、そのかれに臣従した棠克と巴朗の消息も不明である。

「うわさにすぎませんが、孟嘗君は魏を去って、帰国したようです。斉に帰ったというより薛に帰ったといったほうが正しいでしょう。たぶん呂礼が宰相の席からおりて秦へもどったため、孟嘗君への風当たりが弱くなったからですよ」

「ちがいない」

燕の三十人に加えて従軍させる二十人の選抜を牙荅にまかせた公孫龍は、まっさきに東武君の邸へ往った。まえに述べたように、この年、東武君は二十二歳である。この若さで、王族のなかで重鎮の風格を示している。しかも兄である恵文王を凌駕したいというけはいをみじんもみせたことはなく、王のため、国家のために働くことを厭わない。それがわかる公孫龍は、この兄弟の仲のよさこそ趙国の宝だ、とおもわざるをえない。

公孫龍の顔をみた東武君は、

「やあ、きてくれたか」

と、素直に破顔した。公孫龍が輔佐として参加してくれることをすでに知っているという表情である。ふしぎなことに、公孫龍が近侍してくれると、戦いには負けない、と安心できる。

「あらたな敵と戦うには、充分な準備が必要です。しかもその敵が斉軍となれば、慎重の上に慎重を重ねねばなりません。まず、進攻の順路をお示しください」

東武君はわずかに顔をゆがめた。

「それは秘中の秘であるが、龍子にだけは、あかしてよいだろう。軍はわが武城（東武城）を通って東進し、河水の対岸にある平原という邑を攻略する」

「あっ、それは、以前わたしが斉の臨淄へ往ったときに通った道です。平原の南には高唐という邑があります。当然、そこも攻略なさるのでしょう」

平原と高唐という二邑は、西からくる敵にたいする屏扞といってよく、とくに高唐は斉王の先祖が繁栄する基となったいわくのある邑である。

「いや、高唐についてはきいていない。なりゆきしだいということだろう」

「さようですか……」

平原が攻められていると知った高唐の邑主（ゆうしゅ）の動きに、対応する布陣が必要となる。

「先陣を率いる将が趙梁（ちょうりょう）どのであることは存じていますが、編制は、三軍ですか」

主父のころの趙軍は、最大で六軍であった。往時、周（しゅう）王の威光が衰えていないときには、天子は六軍、といわれ、六軍を率いる者こそ天下の運営者であった。主父はそのことを知っていて六軍を作り、他国の王たちにむかってひそかに趙軍の威容を誇ってみせたのであろう。

「三軍だ。中軍の将はわれで、後軍は韓徐（かんじょ）があずかることになっている」

「韓徐どのは、どのような将ですか」

「そつなく戦う、といえばよいかな……」

「兵力は、どうですか」

公孫龍は問いをたたみかけた。

「趙梁が二万、われは二千、韓徐が一万だ」

「白海（はくかい）が黒衣（こくい）の兵を率いて中軍に加わることはご存じでしょうか」

黒衣の兵、とは、近衛兵をいう。

「おう、そうであったな。すると中軍は二千五百となる」

軍の中枢が二千五百の兵力とは、すくなすぎる。だが、これは廟議（びょうぎ）で決定されたことなので、変更はできないらしい。

「中軍が所持する弩の数は、いくつですか」

「三百かな」

「とても足りません。その三倍、九百をご用意ください」

「弩にこだわるではないか」

主父が胡服騎射にこだわったのは、北方と西方の異民族が騎馬民族で、かれらとの戦いを想定したからである。その伝統がいまの趙軍にも活きていて、騎兵が充実しているため機動性が高い。しかし騎兵が弩をあつかうのはむずかしく、軍として弩の携帯は多くない。

「君は中山において本営が急襲されたことをお忘れではありますまい。どの戦場でも同様のことが起こると想っていただきたい。ただし平原のあたりの地形は、起伏にとぼしく、また森林がすくないため、敵軍が密行するのはむずかしい。つまりこちらとしては敵軍を発見しやすい。その際、中軍は寡兵なのですから、むやみに動かず、堅陣を保ちつづけることが肝要です。ゆえに弩で陣の四方を固めるのがよろしい」

「わかった。さっそくに手配しよう」

東武君は中山兵の決死隊を邀え撃ったときの恐怖がよみがえったようで、公孫龍の進言を聴きながさなかった。この真摯さが、あとで東武君にさいわいする。

東武君の邸をでた公孫龍は、鵬艾家へ往った。珍客の訪問を笑貌で迎えた鵬艾は、

「趙王じきじきのご招請で参陣なさるとききました。武器の調達については、それがしにおまかせください。また、それにかかる費用は龍子どのに請求しません」

と、いった。

「ほう、それは、また、なにゆえに」

公孫龍はあえていぶかってみせた。鵬艾に損をさせたくはない。

「すでに周蒙さまがおみえになり、それらの武器は王室の買い上げというかたちになるそうです。ご懸念にはおよびません」

「それをきいて安心した。半弓を五十と戈戟を七、八十、それに二十の弩をたのむ」

弩は、ひとりで弦を引き、ひとりで発射することはできるが、ふたり一組であつかったほうが効果的になる。

「わたしが率いる配下は五十人にすぎないが、すべてを馬に騎せたい。副馬も要るので、七十頭という数が念頭にあるが、それについてはどうだろうか」

「七十頭の入手など、たやすいことです。当方で、出陣まえにそろえておきます」

「それはありがたい。ところでご尊父の予後は、いかがか」

「おかげさまで順調です。また燕へ往きたいなどと申しますので、健康面を考えて、ひきとめております」

「はは、いまやご尊父はわが家宰ではなく、燕の重工業を発展させてくれた勲業の人です。気候のよい折に、遊楽においでください。わたしが貴賓としてもてなすまえに、燕王が国賓としてお迎えするでしょう」

燕にとって鵬由のような商工業の大物が、国家の事業に就業してくれたことは大きかった。

燕の工業は大発展したといってよい。技術的な秘術は民間に洩れないように国と王室が蔵閉したが、その事業になかばたずさわった公孫龍は、人さえ集めれば、

――大型兵器を造ることができる。

と、ひそかに意っている。ただし兵器造りはあまり性に適わない。

帰宅した公孫龍は戦場におもむく五十人を集めた。

「戦場とは、つねに生死の境だ。敵を甘くみた時点で、敗れる。一矢、ひと突きを仕損ずれば、おのれが死ぬ。昔からわれに従って戦場を往来した者でも、ちかごろは武術を鍛練していまい。明日から郊外の山野へゆき、自身を鍛えてくれ。弓矢と戈戟、それに剣には比類のない師がいる」

翌朝、公孫龍は二乗の馬車と五頭の馬とともに、丘阜の麓へむかった。随従の五十人は、歩かせた。丘阜はいたるところ禿山である。夕方に到着した丘の麓で露宿した。

武器を扱うことを好まない司馬匜には、

「そなたは道をおぼえる名人であるから、いやでも戦陣に同行してもらう。自陣が崩れて敵兵と遭遇したら、逃げよ。逃げるために馬術をみがけ。弓矢のかわりに飛礫を打て。童凜はそれの達人だ。ひとつの小石がそなたのいのちを救ってくれる」

と、いいきかせた。

狛が弓矢の教師となり、半弓をつかう騎射はもとの楼煩人である狟、狶、狽の三人が指導した。郭隗の高弟である荀珥のもとで学問をつづけた三人は、ひさしぶりの騎射なので、は

つらつとしていた。馬上での連射をまのあたりにした公孫龍は、あまりの早技に感嘆した。戈と戟のあつかいは嘉玄、洋真、碏立が教えた。碏立は、公孫龍に随って周都を発ったときに二十歳に満たない年齢であったが、いまや三十歳をすぎた。力士とよばれる体軀はそのままであるが、風貌にしぶみがくわわって人格に風韻がそなわるようになった。かれは戟もつかうが、どちらかといえば鉤型の刃がついていない矛を好んでつかう。それを軽々とまわせば旋風が起こるようであった。剣術に関しては、いうまでもなく、白海の活人剣を継承している復生とその弟子の仙泰がいる。公孫龍は、といえば、往時鵬由家で作ってもらった長柄の長刀を離さない。

「この五十人からひとりの死者もださないで帰還したい。そのためにも厳烈な鍛練をおこなう」

そういった公孫龍は自身を鍛え直すつもりで、春が終わるまで配下とともに山野を移動した。

初夏の陽光を浴びながら帰宅すると、牙荅が蒼い顔をしていた。

「あなたさまはどこへ往ったのかと、東武君、白海どの、鵬艾どのの使いから連日責められました。出師は、明後日です。閲兵は邯鄲の南郊でおこなわれます」

「はは、そうか。公孫龍はいまもどりましたと三人に報せておいてくれ」

この日、公孫龍は厳しい鍛練をやりぬいた五十人をねぎらうべく、中庭で短時間の宴を催した。そのあと公孫龍は、

「山野では満足にねむってはいまい。いまからねむるとよい」

と、全員に声をかけ、自身もすぐに熟睡した。

牙荅の使いとして邯鄲と燕の上都のあいだを往復したことがある申容(しんよう)は、連絡兵として公孫龍に従うことになったが、戦闘兵でなくても鍛練をまぬかれることはできず、生まれてはじめて武術を学んだ。その酷烈(こくれつ)さを経(へ)てみると、

「視界が変わったようです」

と、牙荅にいった。

「みえなかったものが、みえるようになったか」

「主(しゅ)は超人ですね。たぶん、いかなる強敵にも負けはしない」

「いちど死んだ人だからな。それゆえ、生きている時間を人一倍大切にし、しかも死を恐れていない」

「えっ、いちど死んだ、とは――」

「なんじも、家族とともに郷里を棄(す)てた際は、幽明(ゆうめい)の境をさまよいはじめたようなものだ。途中で盗賊に襲われたり、乗った船が沈んだりすれば、いまのなんじは無い」

「そうですね……」

「視界が変わったということは、生死がみえるようになったというよりも、生がより強くみえるようになったということだ。なんじは、生きているのか、生かされているのか。いまさらわたしがいうまでもなく、なんじにはわかるであろう」

「生かされているということですね。しかし――」

と、まなざしをさげた申容は、

「なにによって、生かされているのですか」

と、問うた。

「天によって、といえば、大仰になる。なんじが人を生かそうとする心によって、努力によって、生かされている。わたしの信念は、そうだ。なんじが死ねば、人も死ぬ。そう想って、生きよ」

牙荅は公孫龍が周王の子として周都を発つときから随従し、生死の境を踏破してきた。

――よくここまできたものだ。

ときどきそんな感慨に襲われる。公孫龍に臣従しているかぎり、主のためなら水火も辞せずという覚悟で生きてきた。が、公孫龍を生かそうとして、公孫龍によって生かされたという事実を直視することになった。人はおのれのためにだけ生きようとすれば、その時点で死んだも同然になる。人だけでなく、家も国も、同様ではないか。

――これは歳月が教えてくれたことであろう。

周都をでたとき三十歳直前であった牙荅は、いまや四十代である。年を重ねることによって失うものがあっても、得るもののほうが多い、というのが牙荅の実感である。郭隗先生によれば、儒教の祖である孔子は、四十にして惑わず、といったようだが、思念が揺れなくなったというおもいは牙荅にもある。

翌日、急に暑くなった。

早朝から、公孫龍は飛び回っている。鵬艾に会って、馬と武器などの搬入先を決めたあと、東武君の許可をとって、使者となり、後軍をあずかる韓徐に面会した。

「あなたが有名な公孫どのか」

その口調に棘はふくまれておらず、韓徐はいやな顔をしなかった。

——この人であれば、話はしやすい。

そう感じた公孫龍は、

「戦うまえに最悪の事態を想うのが、わたしの思考の癖です」

と、おもむろに語りはじめた。この面談が長くなったのは、韓徐もあらゆる戦況を想定し、実際の戦闘にほとんど参加しないためその重要性が認識されにくい後軍の任務をこまかく説いたからである。これには、公孫龍は感心させられた。

「公孫どのが敵将であれば、どうしますか。二千数百の兵しかいない中軍を急襲するのも、奇策のひとつですが、かなりうしろにいる輜重隊を全滅させる手もあります。わが軍が輜重を失えば、五日ももたず、撤退せざるをえない。その危険をふせぐのも後軍の役割です」

「なるほど、敵将の知謀しだいで、こちらも対処しなければならない。先陣に動揺をあたえないために、中軍と後軍で事態をさばくのが最善の方法です」

自軍の虚を衝かれないために偵騎を増やすことはもとより、中軍と後軍のあいだに偵候をかねた部隊を伏兵のかたちで置くことで、意見の一致をみた。

邸外にでた公孫龍は、

「韓徐どのは、なかなかの将だ。これで外征する東武君を失わずにすみそうだ」

と、御者の童凜にいった。ひとつの安心を得たおもいである。趙国の将来を想えば、東武君の戦死は、五十の城を失うことより、損害が大きい。

この日のうちに、公孫龍は邯鄲をでて、配下とともに南郊へ移動した。鵬艾の家人たちが馬、武器などをそろえて待っていた。それらを検分しているさなかに、一騎が疾走してきた。馬上の人物は、恵文王に近侍している周蒙である。かれは馬からおりることなく、

「やあ、龍子よ、参陣してくれたな。そなたが邯鄲にいながら、なにゆえ内謁してこぬのかと王はご心配になっておられた。とにかく、すでに龍子は南郊にいる、と王にお伝えする。東武君をたのんだぞ」

と、いい、返辞を待たずに馬首をめぐらして走り去った。すでに日が西にかたむき、鵬艾の家人たちも引き揚げたあと、暮れ泥む平原に黒衣の集団があらわれた。白海の到着である。公孫龍の配下が帷幕をめぐらせて露宿の支度をはじめた。数人の兵を従えた白海が帷幕のなかにはいってきた。いきなり白海が公孫龍にむかって礼容を示したので、配下の兵はとまどいをみせた。

「夕食のまえに、とりきめておきたいことがある」

公孫龍は韓徐と話しあったことを簡潔にまとめて語げた。その主旨をすばやくのみこんだ白海は、

「隊として、喜んで偵候をおこないましょう」

と、いい、腰をあげた。白海は公孫龍の用意周到に慣れている。

翌朝、邯鄲をでた兵馬が南郊に再集合した。それに公孫龍、白海らの兵が加わり、三万数千の兵が整列した。軍事における教訓を、

「誥」

と、いう。その誥を東武君が全軍に告げたあと、趙梁が補足の訓辞を述べた。

直後に、前軍が出発した。

中軍の出発は正午すぎで、後軍が動いたのは、それから二時以上あとである。その時間差がそのまま戦地における前・中・後という軍の距離となる。

「前軍と中軍のあいだがかなりの距離ですね」

と、嘉玄がいった。

「趙梁どのは、中軍を戦闘にさらさないように配慮しているのだろう」

公孫龍はそうみた。ふつうであれば、後軍が発つのは翌日でもかまわないのに、今日のうちに発つのは、韓徐が趙梁になんらかの進言をおこなったからであろう。

趙軍の先陣は邯鄲の南郊から東北へむかい、河水を渡って、さらに東北へすすみ、東武君の城である武城の南を通過した。そこから河水までは趙の版図であるから、さほど用心しなくてよい。

ところで趙軍が河水を越えたのに、また前方に河水があるのは、なにかのまちがいではな

いかと疑念をいだく人がいよう。

この時代、邯鄲よりはるか南の朝歌の東、平陽の西のあたりで、河水はふたすじに分岐して北へながれている。その東側の河水が斉と趙の国境である。

趙梁は平原津という津を渡って対岸の邑である平原を包囲した。かれは東武君に、

「河水をお渡りにならないように」

と、釘をさした。中軍を主戦場から遠ざけたのである。

――想った通りだ。

少々憮然としている東武君に助言すべくおもむいた公孫龍は、

「君よ、すべての兵卒に命じて、なるべく高い塁を築かせなければなりません。躊躇なさっているひまはありません」

と、高い声でいった。

この公孫龍の気魄におされた東武君は、すぐに表情をあらため、営所の四方に土の壁を築かせ、この四隅に櫓を建てるように指示した。

東武君の下には能臣がすくなくない。

湛仁と華記は主父の側近であったため、囚繫されていたが、東武君の努力によって釈放され、その後、東武君に臣従したことはまえに書いた。かれらは東武君をうごかしたのが公孫龍であることを察知しているため、ここでも公孫龍にたいして鄭重であった。

ふたりは工事の進捗状況を巡視する公孫龍に付き添い、その意見を主君に伝えた。

「運んできてもらった九百の弩を壁の上にならべることは、いうまでもないが、東北と西北の櫓をわれらにあずからせてもらいたい」

「それは、また……」

ふたりは怪訝な顔をした。

「われのもとには、二里先の臬をも狙える弩があるので、それを据えたい」

「二里――」

ふたりは驚嘆したあと、からかわれたのではないかとおもい、公孫龍をみつめなおした。

この時代の一里は、現代の四百五メートルにあたる。二里も飛ぶ矢を、ふたりはみたことがない。

「それを、ご覧にいれよう」

公孫龍は大型の弩をふたりにみせた。公孫素（王孫季）を救助する際につかった弩である。ひとつではない。予備に作らせた弩も燕から運んできていた。

「大きくても、組み立て式ですから、運搬はたやすいのです。東武君がご入用であれば、それがしにお申し付けください。同じ物を作らせて、お届けします」

「やっ、ここで商売なさる――」

湛仁と華記は笑った。

「いや、そういう弩は雲常家に頼む必要があるので、お手数をかけたくない、とおもったまでです」

公孫龍は工事をいそがせた。櫓が組みあがると、上に大型の弩をすえて、その射手として、狟、狶、狽の三人を主とし、補助の者を付けた。

このときすでに斉の救援軍が臨淄をでて西行していた。この軍の兵力は二万八千である。済水を越えたところで、いちど軍を停止させた将帥は、趙軍の布陣をさぐらせた。数日後に、情報がはいるようになったので、白布に画かれた地図をひろげた将帥は、

「さて、どのように平原を救ったらよいかな」

と、佐将と謀臣に問うた。

策の陰陽

趙の全軍の兵力は三万二、三千である、と斉軍の将帥はみた。

「そのなかの二万が平原を包囲しているのか……」

平原の邑を救助するための斉軍の兵力が二万八千であるから、勝てないことはないが、偵騎の報告によると、平原を包囲している趙軍は重厚な防備をほどこして、東からくる斉軍にそなえているという。

「平原の邑の外、三方に、土の城が築かれているというわけか」

将帥は首をふった。邑の一方、つまり西側にだけ、趙兵はいない。そこに河水がながれているからである。

「河水をつかって、兵と兵糧を城内に送り込む手がある」

将帥がそういうと、すぐに佐将が、

「おそらく水中に杭が打たれ、とても船は城に近づけないでしょう」

と、異論を述べた。

「するとわが軍は、敵の包囲軍を攻めては、高唐の邑に退くということをくりかえすしかないのか」

平原の城内に備蓄されている食料は、おそらく百日分もない。むろん包囲の趙軍にはその半分もあるまいが、五十日経てばその軍が包囲を解いて撤退するわけではない。平原の対岸は趙の版図であり、食料の補給路が安全に構築されている。百日どころか、二百日経っても趙軍の食料が尽きることはない。

「それでも、敵の輜重隊を襲う手はあります」

と、佐将はいった。

「ふむ、補給の食料と武器をすべて失えば、敵軍がうろたえることは、まちがいない。とはいえ、その輜重隊の位置がわかっておらぬ」

この日の軍議をうち切った将帥は、三日後にはいった続報をもとに、ふたたび軍議をひらいた。地図を披くなり、

「輜重は、ここだ」

と、将帥は指をついた。その位置は、趙の後軍よりかなり西で、武城に近い。

「遠いですね」

と、謀臣のひとりが首をひねった。起伏のとぼしい地をながながと大軍がすすめば、かならず発見されてしまう。襲撃されることがわかった輜重隊は、後軍に助けを求めるまえに、武城に避難するであろう。

「ぬけめのない布陣だ」

将帥は地図を睨んで、うなった。

こういうときに、あらたな情報が軍議の場にもたらされた。趙の中軍の正確な位置とおよその兵力が、還ってきた諜候によって報告された。

「まことか——」

将帥が放った声には疑惑とおどろきがふくまれている。中軍の位置は河水からかなり遠く、しかも兵力が三千以下であろうと知れば、兵術的な食指が動こうというものである。

すかさず謀臣のひとりが、

「中軍は前軍から遠いぶん、後軍には近い。中軍に異変が生じれば、後軍は半日以内で駆けつけるでしょう」

と、述べた。

「中軍の将は、趙王の弟の東武君だ。前軍の趙梁は東武君にけがをさせないように、戦場に近寄らせず、後軍の将に掩護をまかせたのだな。敵の布陣の意図は、これでよくわかったが、われらの真の目的は平原の包囲を解かせることだ。そのための最善の策とはなにか。忌憚なく発言せよ」

まともに趙の前軍を攻めても埒があかないことがわかった以上、奇策が要るのである。この日、将帥は夕まで軍議をおこなって、ようやく策戦を定めた。

斉軍は動いた。

河水の支流に漯水という川があり、この川のほとりに趙軍の偵騎は多く配置されていた。その数騎が、漯水を渡渉して西へむかう斉軍を発見して、駆けもどって趙梁に報告した。

「北上せず、西進したということは、高唐にはいるということだな」

「まちがいなく、そうです」

「その兵力は——」

「二万未満です。一万五千ほどかもしれません」

「正確な数字を申せ」

遅れてもどってきた偵騎は、その兵力を一万五千であると報せた。

いちど高唐の城外に駐屯した斉軍は、すぐに北上を開始し、高唐と平原のあいだに塁を築いて営所とし、そこから趙梁の軍を攻める構えをみせた。十日後には、斉軍は出撃して趙軍の土の城を攻めた。

この攻防をながめていた趙梁は、おもしろくなさそうな顔をした。それをみつけた佐官が、

「どうなさいました」

と、問うた。

「敵の当たりが軽すぎる。まるでわれらの目を南へむけさせようと誘っているかのようだ。敵の救援軍の主力は、どこか、ちがう方角にいるのではないか」

「高唐に到ったのは、斉軍の将領であることにちがいはありません。ほかに斉軍はみあたらないということです」

ますます趙梁はおもしろくなさそうな顔をした。

「斉のような大国が、平原を援けるのに、たった一万五千の兵しかよこさない。奇妙だとおもわぬか」

「たしかに、そうではありますが……」

「後発の軍があるか、それとも、策があるか、どちらかだな」

趙梁は用心深く想像をめぐらせた。

このとき斉の別働の軍は、趙の偵騎に発見されないように、粛々と大きく迂回していた。この軍を指麾する佐将は、謀臣の進言を容れて、三千の騎兵をもって趙の輜重隊を急襲させることにした。

「この騎兵隊の襲撃が、敵の後軍の将を釣る餌です」

「後軍は、輜重隊を助けようと後退する。すると、後軍と中軍は隔絶する。もともと中軍と前軍は離れすぎている。つまり、中軍は孤軍となる」

佐将は脳裡で確認するようにうなずいて、騎兵隊を発進させた。砂塵が濛々と立った。その隊を目送した謀臣は、佐将にいった。

「あの隊は敵兵に発見されてもかまわず、むしろ発見されたほうがよいのですが、この軍の位置が敵に知られると、この奇襲は失敗します」

「わかっている。夜間の強行軍、ということだな」

佐将はこの軍を一日半、止頓させたあと、日のかたむきをはかって、おもむろに先駆の兵を発たせ、それから陣を払って前進を開始した。

——手落ちはないはずだ。

ここまで佐将は注意をおこたらず、みごとに自軍を趙兵の目のとどかぬ位置に隠しぬいたといえる。地形について熟知していたことを最大限に利用したのである。

日没が近くなると、この軍のすすみは速くなった。夜間もすすみつづけ、趙の中軍に迫ろうというのである。

明け方近くに、こまかな雨がふりはじめた。濛雨である。この霧のような雨が、斉軍を隠微な存在にし、夜明けを遅くした。

趙の中軍の営所から五里ほど離れたところで偵候をおこなっていた白海の騎兵隊は、斉軍の接近にまったく気づかなかった。

ようやく明るくなり、朝食を摂っているさなかに、悲鳴に比い声が白海の耳にとどいた。

「敵軍、襲来——」

白海はおもむろに起った。斉軍の奇襲は、公孫龍とともに想定していたことである。

——やはり、きたか。

帷幄の外にでた白海は、左右の兵がゆびさすほうをみた。

——なんだ、あれは……。

細雨のむこうに、黒々と瘴雲が湧いたとおもわれるほどの大軍があり、こちらに寄せてくる。その兵力は、どう観ても、三千や四千ではない。

「一万――」

　さすがの白海も、手足のどこかが痛むような緊張をおぼえた。この雨では、危急を報せる狼煙(のろし)をあげてもむだである。

「中軍へもどるぞ。みな、馬に乗れ」

　帷幄をたたんでいるひまはない。食器をなげうった兵は、馬に飛び乗った。

　白海は三、四人の兵を呼びとめて、

「敵軍に捕らわれぬように迂回し、後軍に報せよ」

と、命じた。だが、この急報はなかなか韓徐(かんじょ)のもとにとどかなかった。輜重隊が斉の騎兵に急襲されそうであると知った韓徐は、後軍を後退させて救援にむかったからである。

　白海に率いられた騎兵隊は、疾走して、中軍の営所に飛び込んだ。すでに朝食を終えた東武君のもとに急行した白海は、

「一万の斉軍が急速に寄せてきます。戦闘のお支度をなさいませ」

と、あえてゆるやかにいった。

「一万……、たしかか」

　東武君は胆力があるほうだが、敵軍の多さに胸がふるえて、つい左右をみた。公孫龍を目で捜した。

「まちがいなく一万です。龍子(りょうし)は北の櫓(やぐら)のほとりにいるでしょうから、すでに報せてあります。わたしが君(きみ)をお護(まも)りします」

うなずいた東武君は、近くの兵に、

「旒旗を樹てよ。太鼓を打て」

と、凜として命じた。

土の壁と櫓の上には弩がそなえられており、太鼓の音をきいた射手がすばやく部署についた。

東武君が急使を立てて、前軍の趙梁のもとへゆかせようとしたので、白海が、

「救援をお求めになってはなりません。敵将の狙いは、平原の包囲を解かせることです。ここは、中軍と後軍だけで、敵兵を撃退しなければなりません」

と、強くいった。

「わかった」

急使にいいふくめて発たせた東武君は、やっ、と小さく叫んで、目をあげた。ぞっとするほど天空が冥くなった。黒雲が垂れてきたのではない。寄せてきた斉兵が、二、三千本の矢をいっせいに放ったため、営内に矢の雨がふった。

「あぶない——」

楯を掲げた白海は、東武君をかばいつつ、屋根のある兵舎へいそいだ。

斉軍が北から急行してきたため、営所の北側が最初に猛攻にさらされた。そこを守備していたのが公孫龍である。

矢の雨がふるまえに、公孫龍は連絡のために申容を営所の外にだした。

「ここからまっすぐに西へ駆けると、後軍の偵候の隊が伏せている。斉軍はその伏兵の存在を知らぬであろう。斉軍の背後を衝(つ)くべし、と伝えよ」

「承知しました」

中容が馬に乗ったところで、公孫龍は童凜(どうりん)を呼び、中容を護ってやれ、と送りだした。

——それにしても……。

襲ってくる兵が一万とは、予想外である。起伏の大きくない地で、偵候の目をのがれて、一万の兵を潜行させるのは至難といってよい。それをやってのけた斉将は非凡にちがいなく、その麾下(きか)にある斉兵もあなどれない勁(つよ)さをもっている、と想(おも)うべきである。

——昼過ぎまで、ここを保てないかも……。

そんな不吉な想いが胸裡をよぎったが、公孫龍はおのれを鼓(こ)するように、眉(まゆ)を揚げた。自身が督率(とくそつ)する兵は五十人にすぎないが、この寡兵(かへい)で一万の兵を破ってやる。そういう強い意(おも)いを肚裡(とり)にすえた直後に、矢の雨にさらされた。

「きたか——」

この声は、公孫龍自身が放ったにちがいないが、公孫龍はひそかに震駭(しんがい)して、あたりをみまわした。

——主父(しゅほ)の声ではないか。

その声には、いかなる奇襲に遭(あ)っても悠然としていた主父のゆとりがふくまれていたようで、とても自分の声であるとはおもわなかった公孫龍は、近くに主父がいるのではないか、と疑い、楯を掲げながら、あたりをうかがった。むろん、主父らしき人はいない。

――そうか。

主父の霊は、子の東武君を守護している。そう感じた公孫龍は、この不利な戦況にあっても、かならず克捷できると確信した。

趙の中軍の兵は、あらかじめ東武君から、

「敵に急襲されても、うろたえるな。ここには九百の弩と高い牆壁がある。短時日で陥落したら、趙軍の名が廃る」

と、訓戒されていたこともあって、予想をうわまわる多数の兵に攻撃されても、怯えあがることはなかった。

公孫龍の配下は二十の弩をそなえて的確に発射した。その正確さはほかの趙兵の比ではない。櫓の上の大型の弩は、迫ってくる敵の大楯を、粉砕するほどの威力を発揮した。

吹き飛ばされる楯をみた斉兵は、

「化け物のような弩だ」

と、恐れ、尻ごみしはじめた。百人ほどの隊を率いている長官は、

「火矢を用いて、櫓を焼き落とせ」

と、命じた。しかしながら、公孫龍はこういう火攻があると想定していたので、櫓を薄い鉄板で囲繞し、雨を焦がしつつ飛んでくる火をはねのけた。

最初に斉軍の猛攻をうけた北側の防備は鉄壁であり、数百の斉兵が牆壁を越えたものの、

つぎつぎに落下した。公孫龍は用心深く、牆壁を二重にしていた。そのため斉兵は最初の牆壁の上で立ち尽くし、その間に射殺されて墜下した。

公孫龍の配下は、戦闘のさなかのそういう進退をすでに厳しく鍛えられており、いささかも乱れなかった。飛び越えられない二重の牆壁のあいだに、かれらは長い棒を立て、それをしならせては往復した。それは曲芸というよりも神業に比く、この場に東武君がいれば口をきわめて称賛したであろう。

斉軍は趙軍の営所の北側を攻めつづけて、十分の一の兵力を失った。

「なんたることか」

歯がみをした佐将は、戦闘の主眼を西側へ移した。この攻撃がながびけば、西から趙の後軍が、東から前軍が救援にくる。ただし後軍をさらに遠ざける計謀を実行したので、今日のうちに後軍の到着はない。くるなら平原にいる前軍であり、それが包囲を解いて河水を渡るようであれば、平原と高唐のあいだで待機している斉の主力軍が動き、追撃にかかることができる。

「こんなにわか造りの土の城を、まだ潰せぬのか」

佐将は目をあげた。いつのまにか雨がやんで、薄日がさしはじめた。急に気温があがった。営内では、残っている水滴が燦々と輝いた。

喊声が遠ざかったと知った公孫龍は、櫓の下に立ち、報告を求めた。上から狟がおりてきた。

「西の門に、敵兵が蝟集しております。あと一時も経たぬうちに、破られそうです」

「それは、まずいな」

すぐに公孫龍は復生を呼んだ。

「なんじの師の白海が東武君を掩護している。南へ行って、助力してくれ」

東武君がいる兵舎は営所内の南部にある。二千以上の兵が屯集している営所はかなり広いので、復生は弟子の仙泰のほか数人を率いて、馬で急行した。

さらに公孫龍は狛を招いて、

「西門が破られそうだ。なだれ込んできた敵兵が営内に拡がらないように、弓矢で阻止してくれ」

と、いった。

「こころえた——」

狛は狟とともに櫓の上にいた狶もおろして従者とし、ほかに十人の兵も馬に乗せ、騎射のために走り去った。かれらは狟と狶に就いて連射を習得した者ばかりである。空いた櫓の上に嘉玄と洋真を立たせた公孫龍は、西側の櫓をのぼった。そこには狽が残っていた。

眼下の斉兵は攻撃をやめて、矢のとどかぬ位置までしりぞいている。

「敵兵は西と南へまわっています」

この櫓からは、営所の南門がみえるわけではないが、視力のよい狽は敵兵の動きからそう推測した。

「後軍はどうか、まだ看えぬか」

「まだですね」

戦闘がはじまってすでに二時は経っている。後軍の伏兵の到着がさらに二時あとになると、この本陣は崩壊するかもしれない。

――東武君を死なせたら、趙王にあわせる顔がない。

慄然としてきた公孫龍は、碏立を呼び、

「ここの守りは、よい。敵は東武君の位置を知ったようだ。すでに復生らが白海の助力にむかったが、なんじもそれに加われ」

と、いいつけ、数人の兵を添えて南へ遣った。

一時後に、営内の空気が変わった。

「西門が破られました」

と、狽がするどくいった。

これから営内で乱戦がおこなわれる。だが、あと半時堪えれば、後軍の伏兵がくる、と公孫龍は肚のなかで算えている。雨のために燧烽（のろし）がつかえなかったことも計算をくるわせたが、

――主父が守護している。

と、想えば、最悪の事態にはならない、と信じた。

「ここは、まかせた」

そういって櫓をおりようとした公孫龍は、

「主よ、あれは——」

と、狽に呼びとめられた。

「どうした」

公孫龍はふりかえって狽のゆびさすほうを瞰た。かなり遠くに騎馬の小集団がある。

「あの中心にいるのが、斉将ではありませんか」

「ほう、そうかな」

公孫龍は目を細めた。狽の視力は尋常ではなく、公孫龍の視界の隅にいるその騎馬集団を、はっきり分析できるらしい。

「矢は、とどくか」

「かろうじてですが、やってみましょう」

狽は呼吸をととのえて、矢を発射した。矢がみえなくなった。直後に、その騎馬集団が乱れた。

「中ったのか」

「たぶん」

その声を背できいた公孫龍は、下にいた十数人の兵に、

「敵将が死んだと叫びつづけて、われに従え」

と、いい、闘戦の場に近づいた。

ちょうどそこに、矢が尽きたといって、狛と配下が足速に後退してきた。

「おう、主よ、まもなくここは全滅する。営外へでたほうがよいぞ」

馬上の公孫龍は一笑した。

「逃げるまでもない。斉兵は、将が死んだことをまだ知らぬのだ。ここを耐えれば、かならず斉兵は退く。矢を補充して、つづいてくれ」

背の矢服をはずして狛へ投げた公孫龍は、長柄の刀を一閃させると、むかってくる斉兵のなかに馬を乗りいれた。馬首をめぐらせて公孫龍のあとをすすんだ狛は、矢を連射してまたたくまに数人を斃したが、まえをゆく公孫龍の刀尖のきらめきに見惚れた。いつのまにか夏の陽光が強くなった。

――龍子はひとりで百人を斃せるのではないか。

そう想うほど、公孫龍の武術には神異があり、後続の狛は、稀有な目撃者となった。

突然、営内になだれこんでいた斉兵が引き色をみせた。

「やっと気づいたか」

そう高らかにいった公孫龍は、退却する斉兵を尻目に、南へ南へと駆け、東武君を死守していた白海、復生などの顔をみつけた。公孫龍が下馬したとき、東武君が舎外にでてきた。

公孫龍は趨った。

「君よ、営内の全兵士に命じ、出撃させなければなりません。さあ、いそいで馬にお騎りください」

この叱呵するような声にはじかれた東武君は、呼吸を忘れたような表情で、

「みな、撃ってでよ。旒旗をすすめよ」

と、いい、独りで走りだした。

営内の兵は歓呼し、猛然と営外にでて、斉兵を追撃した。このとき後軍の伏兵が到着し、撤退する斉兵を摧破した。

営内に配下をとどめた公孫龍は、

「敵の戦死者でも、風雨に晒されるのは哀れである。埋めてから去ろう」

と、いい、穴を掘らせた。その作業は夜になっても終わらず、翌日もつづいた。

凱旋のあと

斉軍は佐将と数千の兵を失った。

そのため全軍の士気が落ち、その衰容が平原の城につたわった。

——救助されることはない。

と、絶望した城の将士は、秋の到来を待つことなく、城外に脱出した。

趙軍の将帥である趙梁は、城攻めは一方を空けておくものだとこころえており、平原の城の西方、すなわち河水に臨むほうには重厚な陣を布かなかった。むしろ城兵のために脱出路を作ってやったといってよい。

一夜にして、城は空になった。

だが、邑というのは、住民がいる郭と兵士がいる城とで構成されており、すべての兵士が消えても、住民は残っている。その住民を慰撫するのが、城にはいった将帥の任務である。平原の民に趙の政治を知ってもらわなければならない。

二日後に、東武君が城内にはいった。

のちにこの平原という邑が東武君にさずけられるので、かれは、

「平原君」

として天下に知られるようになる。

東武君に一礼した趙梁は、

「敵将の策略に誘いだされるところでした。君のご一報で、包囲陣を解かずにすみました。それにしても、敵の急襲をよくしのぎ、撃退なさいましたな」

と、賛嘆の辞を献じた。が、東武君は表情をくずさず、

「中山での体験が活きた」

と、みじかくいい、すぐに城外にでて、父老の家を訪ねた。住民をまとめているのは父老であり、かれが住民の代表であるといえる。

趙王の弟の突然の訪問に父老はおどろいたが、城に呼びつけることなく、わざわざ駕を枉げてきたこの貴人に、父老は好感をもった。

席をすすめられても、その上に坐らなかった東武君は、父老にむかって、

「平原は国境の邑であり、向後も、この邑を争奪する戦いがあり、ふたたび斉の版図にもどる、とお想いであろうか」

と、やわらかく問うた。

「邑民はそう願っていましょうな」

父老は支配する者を恐れない。住民を直接に掌握しているのは父老であり、支配のありか

たに反感をいだけば、叛乱を起こすことができるし、住民をのこらず外へ奔らせて郭内を空にすることもできる。

「だが、われらはその願いを摧くことになる。この邑は斉軍に奪い返されることはけっしてなく、四十里ほど南にある高唐の邑も、趙の支配下にはいる」

「盗賊のごとき所業です」

父老は歯に衣を着せない。

「いや、それは斉王のほうがはなはだしい。宋という一国を奪おうとしている。それよりも、父老どの、あなたがたが長年慣れてきた斉の法と、これから従ってもらわねばならぬ趙の法とを、較べていただき、住民にくわしく説明してもらいたい。趙の法に従いがたき点があれば、忌憚なく指摘していただこう」

東武君は誠実さをみせ、臣下の湛仁を呼んで、趙の法について詳細に述べさせたあと、父老の意見を聴き、そのあと華記に命じて、平原のあたりの習俗について聞き取りをおこなわせた。

結果としては、東武君は趙梁と連携しながら、占領行政をみごとにやってのけた。趙梁も、邑内における兵の非違を厳しく罰したので、邑民に不安や恐怖を与えなかった。

この間、公孫龍は後軍の将である韓徐とともに邑外にいた。

平原を救助にきた斉軍はとうに撤退したが、その軍の一部は高唐の防衛のために残った。その残留軍はいつなんどき高唐から出撃して平原を襲うかわからない。それを想って平原の南に後軍が駐屯した。

公孫龍は韓徐の用心深さを知って安心した。しかしながら、平原を奪われた斉が事態をそのまま放置するとは考えにくい。

「三年のうちに、斉が大軍を催して平原を攻めるのは必定です。しかも邑民は旧の斉人ですから、郭門をひらいて斉兵をなかにいれるかもしれませんよ」

公孫龍は韓徐にそういってみた。

「たしかにそれはありうる。が、いまの斉王の戦略の主眼は宋にむけられており、明年か明後年に宋を取るまで、こちらに軍をむけまい。その間に、趙は高唐の攻略にとりかかる。それによって平原は斉軍の攻撃を回避できる」

理にかなった兵略である。韓徐がいったことは、すでに廟議で決定されたことなのか、韓徐個人の意想なのか、わからないものの、危なげのない軍事であるといえる。

冬になるまえに趙軍の大半は引き揚げた。

公孫龍の配下で重傷を負った者はおらず、軽傷者の傷は帰還まえに癒えた。それにひきかえ白海の隊では五十人ほどの死傷者がでた。文字通り、東武君を死守したのである。邯鄲に帰着した東武君とほかの二将は、趙王である恵文王に戦勝報告をおこない、賞勲された。

郭内の公孫邸では、

「後軍の兵が斉の佐将の首を獲ったということで、後軍の将が殊賞をさずけられたようだが、敵の佐将に動けないほどの重傷を負わせたのは、狽の矢ではないか。狽の勲功を横取りするとは、宥せない」

という声が揚がっていた。が、公孫龍はその尖った声をなだめ、

「われらは正規の兵ではない。いわば義勇兵だ。たしかに狽が放った矢は戦況を一変させたが、東武君を掩護するために奔走した者も、それに劣らぬ殊勲者だ。とにかく、みなよく戦ってくれた」

と、いい、慰労の会を催した。

それから数日後に、周蒙がやってきて、ちょっと外出しませんか、と平服の公孫龍を馬車に乗せた。郭門をでたこの馬車が城にはいらず、西北へ走り、山のほうへむかったので、

——どこへゆくのか。

と、公孫龍はいぶかった。

この馬車がゆるい坂道にさしかかるまえに、手入れのゆきとどいた桃李園があり、坂道の左右には梅の木がならんでいた。どうやらここが王室の果樹園であるとわかったときには、馬車はひらかれた門を通って停止した。

馬車をおりた公孫龍を迎えたのは白海である。

「そなたがここにいるということは、ここは王室の離宮か」

「さようです。竣工したばかりの宮室は、華美をはぶいた造りになっています。玉衣をぬいで、おくつろぎになるための宮室です」

「まさか、今日、王が――」

「いらっしゃいますよ」

公孫龍がそういうと、横から周蒙が、

「おい、おい、われは平服だぞ」

「東武君も平服でいらっしゃった。ほかにはどなたもいません」

と、笑いをまじえながらいった。

入り口にむかって三段の石級があり、それをのぼると正面に低い石塔があった。それをまわって宮室にあがるわけであるが、あとで公孫龍はその石塔は主父の墓標あるいは位牌にみたてたものではないかと気づいた。

さきの戦いで、東武君を護ったのは主父の霊だ、と公孫龍はおもっている。

庭に面した明るい室に恵文王と東武君がいた。公孫龍が入室すると、ふたりは談笑をやめて、

「今日の賓客はそなたよ」

と、東武君が西側の席へ公孫龍をいざなった。その席につくまえに恵文王にむかって稽首した公孫龍は、

「このたびの戦いで死傷した者は多く、その家族と遺族に、ご恤問をたまわりますように」

と、述べた。

「あいかわらずそなたは人をいたわる心が篤いな。戦場では敵の死者をも埋葬したというで

はないか。その徳行が、趙軍への評判を高め、平原の民の心服をうながしてくれた。ひいては、われの懿徳となって天下にひろまった。これこそ、十万の敵を降すことにまさる勲功である」

恵文王はものごとの本質がわかる人である。

「惶れいります」

公孫龍は着席した。直後に、管絃の音が、うるさくない程度にながれてきた。別室で伶人が演奏をはじめたが、かれらは終始容姿をみせることはなかった。

「さて、龍子よ、褒美をとらせたいが、望みがあれば、申せ」

「わたしにいかなる功がありましょうや。すべては東武君のご稟質がもたらした勝利です」

どれほどすぐれた策を立てても、おもいがけない危急にうろたえ腰くだけになる将がいれば、策定者の功などあろうはずもない。その点、東武君は極戦のなかにあって、耐えて、不動をつらぬき、戦況を逆転させた。勲功を比較すれば、東武君のそれこそ最上である。

「そなたのいうこともわかるが、弟が立っていたのは地であるとすれば、そなたは天を飛翔していた。天から勝敗の機微を瞰ていた。斉将は天を舞う影を知るはずもない。が、われにはその影がわかる。望みを申せ」

恵文王の賢明さに打たれた公孫龍は、

「貲産にかかわることはもとより、名誉も特権も要りません。望みというよりも、お願いがひとつあります」

と、いい、すこし低頭した。

「願い……、ふむ、それはどのようなものか」

「端的に申せば、燕王を助けていただきたい。それが願いです」

恵文王は口をつぐんで、わずかに東武君のほうをみた。室内の空気がすこし冷えたと感じた公孫龍は、席をおりて庭にむかい、

「ここからはわたしの独り言です。せっかくの美膳がまずくならないように、手短に申します。明年、斉は宋を併呑するために軍旅を催します。その際、燕軍は隷属させられて、遠征します。その出師は、燕王の本意ではありません。長年、燕は斉に属国のようにあつかわれてきましたが、そろそろその羈絆を切りたいのです。燕王の意向は、趙と同盟し、さらに外交の触手を秦まで伸ばしたい。その意向が実現するためには、どうしても趙王の肯諾が要るということなのです。このような雅会で不粋なことを申しました。なにとぞご容赦のほどを」

と、いった。

突然、東武君が肩をゆすって笑った。

「燕王が英明であることはわが国にもつたわっている。しかしその英明さをもってしても、龍子が天を翔ける影を認められまいよ。さあ、龍子よ、そなたの独り言は秋風が運び去った、席にもどるがよい」

実際、管絃の音にまじって松籟がきこえた。

恵文王はなにを語るというわけではなく、ただ弟と公孫龍しかいない場ほどくつろげるところはないといいたげな表情で、終始愉色を保っていた。

この会が終わるころに、

「龍子よ、そなたは妻帯せぬのか」

と、恵文王が問うた。恵文王自身は、沙丘の乱の翌年に、丹という男子をもうけている。この公子丹がのちの孝成王である。

「わたしは生涯妻を娶りません」

「ほう、それはなにゆえか」

「くわしくは申し上げられませんが、妻帯するのであれば、河水の底まで潜り、水神にお会いして、許可をいただかねばなりません」

いちど死んだ者は子孫をつくってはならない、と公孫龍は決めている。

東武君が奇声を放った。

「やあ、それは難事だ。河水の神は、どこにお棲まいやら」

そもそも周という小国の内情が暗そうであり、そこからだされた王子に明るい過去がありそうもない。そう察した恵文王は、自身がかかえている過去の痛みを通して、公孫龍を視た。

——それはそれとして……。

恵文王は内心首をかしげた。公孫龍が近くにいるときにおぼえる安心感はなんであろう。もしかしたら、主父の霊が公孫龍に憑依して王室を守護してくれているのか。しかし恵文王には、主父を殺したという深い罪悪感がある。父を殺した子でも、父は赦してくれるのか。恵文王は独りで居るときに、急に自問自答が烈しくなり、のたうちまわるほど苦しくなる。そういうときに憶いだすのが公孫龍のことばであり、それによって救われる。

父と子の関係にある深淵をのぞいただけではなく、そこに落ちて、もがき、這いあがった者しかわからない道念が公孫龍にはあり、それが恵文王をあたたかく支えてくれる。苦しみはたれにでもあるが、恵文王と公孫龍は似たような苦しみをかいくぐってきたといえる。

「龍子はこれから燕へゆくのか」

「さようです。雪がふるまえに発ちます。王におかれては、燕の亜卿である楽毅という名を、御心におとどめくださいますように」

楽毅がかつて主父にねばりづよく抗戦した中山軍の将であったことをいう必要はない。いまの楽毅は燕の軍事と外交の最高責任者である。

翌々日、公孫龍は三十人を従えて邯鄲をでた。船ではなく馬をつかい、燕都へむかった。頰を打つ風にかなりの冷えがある。

馬首をならべた嘉玄が、

「これで趙は斉から塩を買えなくなりましたが、向後の買い付けに関して、府尹からお達しがあったのですか」

と、問うた。

「いや、まだない。昔、魏が巨大な塩水の沢をにぎっていたが、そこは秦との国境に近かったので、いまは秦に奪われただろう。そこの塩は無限だときいた」

「趙は秦と親睦しているので、塩の虧空はありませんね」

「それはそうだが、臨淄の秋円に会えなくなるのは残念だ」

秋円の妻が子瑞の生母であるとわかったところで、公孫龍が容喙するのは、まさによけいなせわというものである。

燕の上都である薊に着くころに、凍雨がふった。冬の到来を予告する雨である。

公孫龍と従者は冷えたからだで帰宅した。が、室内にはいった公孫龍は床のあたたかさにおどろいた。すかさず家宰の伊枋が、

「床下にちょっとした仕掛けをほどこしておきました」

と、ほがらかな声でいった。床下に熱した石を積みならべたという。

「王侯貴族なみの奢侈だな。賈人の家にはすぎた仕掛けだが、いまはこのあたたかさがありがたい」

履をぬげば跣なのである。厳冬でも室内で足を布などでくるむ習慣はない。

「先日、荀珥どのがおみえになり、あなたさまが帰着なさったら、郭隗先生がすぐに面談なさりたいとのことです」

「わかった。すぐにゆく」

荀珥は郭隗の高弟のなかでもとくにこまやかな温恕がある。かれは楼煩人であった狟、狶、狽の三人を根気よく教えてくれた。そのおかげで三人の面貌から楼煩のにおいが消えた。

郭隗邸は隣家といってよく、通用口がつながっているので、外にでなくても邸内にはいることができる。

柱に吊るされた鐸を鳴らすと、荀珥が趨ってきた。通された室は、四、五人が坐ればいっぱいといった狭さで、この室が密談につかわれることを公孫龍は知っている。ほどなく郭隗が入室した。公孫龍は起立して一礼した。

着座をうながす手つきをした郭隗は、

「そなたが趙軍を勝利にみちびき、しかも東武君を掩護しぬいた。趙王から城のひとつもさずけられたであろう」

と、諧謔をふくんでいった。

「とんでもない、なんの賞与もありません」

「まことか。それなら、趙王はそうとうに吝嗇ということになる。骨折り損であったな」

「損にはなりません。いろいろ学ぶことが多い戦いでしたから」

「そなたらしい謙虚さよ。そなたが学んだことを逐一語げてもらいたいところではあるが、問いたいことは、ただひとつ、このたびの趙の出師はみせかけではなかったか。そなたはどう観たか」

趙の宰相である李兌は、外交術にしたたかさを秘めているので、斉を攻めたという事実を秦王に認めさせておいて、暗々裡に斉王と和親するための交渉をおこなっているのではないか。もしもそうであれば、今後、燕が趙との親密さを増しても、燕王の手のうちを、李兌を介して、斉王に読まれてしまう。

そこまで郭隗は心配しているのであろう。

公孫龍は答えた。

「平原での戦いは、彼此ともに必死で、みせかけの攻防ではありませんでした。斉の佐将は奇襲をみずから敢行して趙王の弟を殺そうとし、それが成功していれば、斉王は趙王に大いに怨まれることになります。趙は向後、平原の南の高唐をも攻略するでしょう。明年、斉の主力軍は宋を征服するために遠征するでしょうから、趙軍はそれをみこしてふたたび斉を攻めます。あえていえば、その趙軍の将帥は韓徐です。ただし、明年、趙が出師しなければ、趙をお疑いになるべきです」

「そなたの理路は整然としている」

と、郭隗は表情をやわらげたものの、

「趙の外交と軍事の性根はみえた。むしろ問題はわが国にあるか。すでに亜卿どのから語げられているであろうが、明年、わが国は斉軍を翼けるかたちで、宋を攻める。それによって趙王と秦王に反感をもたれることは必定じゃ。これは、外交のつまずきとなる」

と、曇りのある声でいった。が、公孫龍の声は晴れている。

「邯鄲を発つまえに、ひそかに趙王に面謁する機会を得ましたので、燕王と燕国の立場を申し上げておきました。趙王はおわかりくださったようです。それよりも、燕軍が斉軍を翼佐するその遠征こそ、燕の外交を発展させる好機ではありませんか」

「と、申すと……」

郭隗は眉をひそめた。公孫龍の意図をはかりかねた。

「明年、斉軍がどれほどの兵力で、いつ出発するのか。それをもっとも知りたがっているのは、趙王と大臣たちでしょう」

やっ、と小さく叫んだ郭隗は膝を打った。

「それほど簡明なことが、われにはわからなかった。それが外交の道を拡げるであろうよ。趙へ密使を送ることを、王に進言する」

「宋を攻略中でも、戦場から趙へお使いを送ることをお薦めします」

「なるほど、なるほど」

その戦況報告は、趙国を経由して秦国へとどくであろう。つまり燕は、趙と秦の偵候を買ってでたことになり、両国に好感をもたれれば、燕の外交はつぎの段階にすすみやすくなる。

「龍子よ、そなたは李兌にひけをとらぬほど、諸事にしたたかになったな」

「これは、先生のおことばともおもわれません。わたしはしたたかさとは縁遠く、愚直そのものです。千里の馬をみつける目をもってはいませんが、死んだ千里の馬の骨を摭ってくることはできます。その骨の価値を定めるのは、わたしではありません」

「はは、いうたな」

郭隗はめずらしく哄笑した。

その笑声を耳孔に残したまま自宅にもどった公孫龍は、

「しばらく旭放家の別宅にいる」

と、伊枋に告げ、童凜だけを従えて、旭放に会いに行った。

「兄さん——」

この声で公孫龍を迎えてくれたのは、十歳になっている公孫素である。

「やっ、大きくなったな」

旭放家に運ばれてきたときの公孫素は蒲柳の質にみえたが、いまは骨太の体格にみえる。全身で喜悦をあらわした公孫素が、養父である旭放のもとへいざなった。以前は、するどさを秘めているとおもわせる体貌であった旭放が、すっかりなごやかでふくよかになっている。

公孫龍の顔をみた旭放は、なにもきかずに、

「お疲れでしょう。小白や、別宅にご案内しなさい」

と、笑顔でいった。小白とは、旭放がつけた公孫素の幼名らしい。旭放は公孫素が外にでたのをたしかめて、公孫龍にからだを寄せ、

「天賦の子です。鬼神がわたしを憐れんでくれたのでしょう」

と、ささやいた。公孫龍は涙ぐみそうになった。往時、斉兵に攫われた旭放の実子は、どこかで生きていると想いたいが、このさき父子の対面があろうはずもない。その絶望がもたらす虚しさを、公孫素がけなげに充塡したのであれば、公孫龍の冒険的行為が活きたことになる。

別宅にはいると、いきなり公孫素が、

「弓矢を教えてください」

と、公孫龍をまっすぐに視ていった。公孫龍は苦笑してみせた。

「賈人が弓矢を習ってどうする」

「兄さんは賈人であるのに、弓矢の達人であるとききました。弟が習ってはいけないのですか」

「そりゃ、いけなくはないが……」

項を平手で軽くたたいた公孫龍は、童凜に目をやり、

「今年の冬は、これで終わりそうだ」

と、弓の弦を引く手つきをした。

消えた公孫龍

公孫龍の師である郭隗は多くの食客をかかえている。

その食客を間接的に養っているのは、燕の昭王である。昭王は直属の諜報機関をもっておらず、諜報の掌管を郭隗に一任した。それほど郭隗を信用したということである。なかば公的な諜報活動にはおよばないものの、公孫龍には商賈のあいだに張り巡らされている情報網がある。また公孫龍は燕支染めの売り込みのために配下を歩かせて諸国の事情をさぐらせている。

初夏の風が吹くころに、魏へ行っていたふたりが朗報をたずさえて帰ってきた。ひとりを、

「旭五」

と、いい、いまひとりを、

「程浜」

と、いう。旭五は旭放の一族にあって、十代のころは旭放に仕えていたが、燕支に関して精通しているということで、その専売権を公孫龍に分与した時点で、旭放がかれを公孫龍の

下へ送った。年齢はちょうど三十歳である。

程浜はそれよりわずかに若い。燕の漁陽の出身で、公孫家が家人を募集した際に応募してきた。かれを採用したのは伊枋であり、

「この者には、すぐれた商才がありますよ」

と、予言めいたことをいった。伊枋にいわせると、正直にまさる商法はなく、程浜には相手に信用される誠実さがある、とのことである。

「魏の大梁に、亥也という賈人がいます。かれが燕支染めを大量に買ってくれることになりました」

と、ふたりは愉しげに報告した。燕支で染織された絹は、車で運ばれることになるが、その車の数は五十になる。

「ふむ、それほどの量を運搬するとなると、船をつかったほうがよい」

公孫龍は速断した。

燕の上都である薊は河水から遠いが、下都である武陽の近くにながれている易水をくだってゆけば河水にはいることができる。河水を泝沿してゆくと魏の国にはいるが、大梁に着くためには河水から済水にはいり、さらにその支流をすすまねばならない。

一見、複雑な旅程におもわれるが、大小の川と山道を越えてゆく陸路よりもはるかに平易な路である。

「初冬までに、とどけてもらいたい、とのことです」

と、旭五がいった。

「わかった。ところで、その亥也という賈人は、どのような人か」

「魏の賈人のなかで、五指にはいります。主父が趙王であったころに、趙王室に出入りしたことがあるといっていました。年齢は五十前後で、いやみな性癖もなさそうで、狡猾という感じもありませんでした」

「信用してよさそうだな」

公孫龍は自身が荷の宰領をして大梁へ行く気になった。

「ところで、魏に凶事があったようです」

と、程浜が摭ってきた風評を告げた。

魏はたびかさなる秦軍の侵攻に耐えかねて、とうとう安邑を秦王に献じたという。

「安邑といえば――」

「さようです。魏の旧都です」

魏王の遠祖である魏絳がまだ晋の上卿であったころ、本拠を安邑に定めた。魏絳の裔孫が晋から独立したときも首都は安邑であった。安邑の位置は韓の国より西で、河水に近いわけではなかったが、その河水を越える勢いで秦の威力が伸びてきたため、魏ははるか東の大梁に副都を築いて住民をそこへ遷した。やがて魏は二都制を採り、大梁をも首都としたが、安邑の重要性がうすれると、安邑のほうが副都となり、さらに都邑としての格がさがった。その安邑を秦に与えたとなると、魏は西部の領土の防衛をあきらめて、それを手放したことになる。

——誇り高い魏としては、苦渋の決断であったろう。

魏の君主が文侯であったころに、天才兵法家である呉起を擢用して、河水の西まで版図を拡げ、秦を慴憚させていた。いわば魏の文侯が当時の覇者であった。それからおよそ百二十年が経ったいま、国力の萎縮は、魏の君臣にとって慙愧に堪えない現実であろう。

「秦はそれほど勁いのか……」

公孫龍は嘆息をまじえていった。その秦軍に勝った孟嘗君への世間的憧憬のすさまじさは、公孫龍が想っていた以上であったにちがいない。

この日から数日後に、燕軍が下都をでた。

年内に宋という国は消滅し、宋王は死ぬ。戦後処理として、斉の湣王は宰相の韓珉に諮り、宋の領地を三分し、斉、魏、楚が取ることにした。この地を斉が独占すれば、

「斉王の貪恣は、とめどがない」

という悪評が諸国に立つことを恐れたのであろう。

斉軍を翼輔した燕軍はねぎらわれることなく引き揚げ、燕王には寸土も授けられないということになる。

それはそれとして、公孫龍は初秋に船をだした。長い船旅である。

なにしろ河水を溯洄するのである。下れば一日という旅程が、上れば四、五日もかかる。

仲秋になって、ようやく扈という邑の津に着いた公孫龍は、旭五と程浜のふたりを呼び、

「ここから陸路をゆき、荷の位置を、亥也さんに報せてくれ。荷揚げの準備をしてもらいたい」

と、いいつけた。扈から陸路をゆけば大梁まで直進できるが、船では遠まわりになる。下船するふたりは扈の邑で馬の都合をつけるであろう。公孫龍は銭のほかに金貨をもふたりに渡した。

「承知しました。では、さっそくに──」

機敏なふたりは旅慣れており、すみやかに袋をかつぎ、話しあいながら桟橋におりて、足速に歩き去った。ふたりを見送った公孫龍は、碧天を仰いだ。ここまでほとんど雨に遭わず、好天がつづいている。

──良い旅になりそうだ。

そういう予感をもった公孫龍だが、大梁にはかれを襲う毒牙がひそんでいた。

その毒牙とは、李巧である。

かれは斉の国で公孫龍の暗殺に失敗すると、楼煩人の狛と別れ、はるばると九原まで逃げた。九原は趙が築いている長城のほとりにあり、その大規模な工事の拠点となっている邑である。そこには夫役の者のほかに罪人が送り込まれる。多数が住むともなれば、酒家や酒楼が建ち、行商人がながれこんだ。風紀の悪さにつけこんで、流れ者や荒くれ者がはいりこんで、路上で賭博を平気でおこなった。脛に傷をもつ者が多いこの邑は、李巧のような犯罪者が隠れ棲むに都合がよかった。

あるとき李巧は、強制労働者のなかに、かつて邯鄲の豪商であった芷冗を発見した。

小屋に忍んでいった李巧は、役人に銭をつかませてなかにはいり、怨みの目をむける芷冗の耳もとで、

「助けてやる。妻子もだ」

と、ささやいた。

李巧がもっている銭と金貨はもともと芷冗の私財の一部である。それをつかって、夜間に牆壁を越える算段をつけた李巧は、数日後、夜陰を利用して小屋に近づき、役人を斬り殺して、なかの芷冗の足枷をはずした。

芷冗と妻子は李巧の炬火にみちびかれて牆壁のほとりまで趨り、梯子をのぼって邑の外にのがれた。用意されていた馬には妻子が乗り、李巧と芷冗は歩いた。

「これでは、三日以内に追手に捕らえられてしまう」

と、芷冗はふるえる声でいった。

「われがそんなにぬけているとおもうか」

実際、李巧は用意周到であった。九原の南には河水がながれている。船で南下すれば、千里のかなたにある魏に十日で着ける。

「魏へゆくのか……」

「そうだ。魏には亥也がいる」

李巧と芷冗は、かつて亥也と親交があった。とくに芷冗は商売上のつきあいが濃密であっ

た。

南へ奔った四人は船を乗り継いで魏の国に逃げ込み、亥也の家にころがりこんだ。客として、亥也家の離れに仮寓することになった。

突然、李巧が殺気立った。

「公孫龍がくる」

その形相をみた芷冗は、またか、と嫌気がさして、

「あの男にかかわるのは、やめたほうがよい。われらにとっては、悪霊だ。害そうとすれば、かえって祟られますよ」

と、諫めるようにいった。いまの芷冗にとって公孫龍は仇敵ではない。腸が煮えくり返るほど憎んでいるのは、たくみに罠をしかけて家産を横奪した遠有である。

「なんじのような商賈には、主人の遺命がどういうものか、わからぬのだ。われのこころみに、なんじを巻き込むことはせぬ。安心して、公孫龍がどうなるのかを、観ていよ」

二日間、姿を消していた李巧は、三日目に亥也のまえにあらわれて、

「まもなく公孫龍という商人が到着するだろう。売買が終わったら、そやつだけを船に連れ込んで、ねむらせてくれ」

と、いきなり怪辞を吐いた。当惑した亥也は、

「冗談は、おやめください」

と、たしなめた。

「冗談ではない。よいか、公孫龍は、燕王だけではなく趙王にもとりいって、両国の商工業を独占しようとしている悪徳商人だ。かれのせいで、われは趙国を逐われ、芷冗は没落させられた。そなたも、そのうち、ひどい目にあう。それを防ぐためにも、公孫龍を始末するのだ」

李巧にそういわれても、亥也はたじろがなかった。

「商売をおこなう以上、とりひき先について、なんの調べもおこなわないとお思いですか。公孫龍はかつていちども詐騙をおこなったことのない商賈ですよ。いわば紳商であり、そのような人を害することはもとより、手助けをすることもごめんですな」

李巧はぶきみに笑った。

「そなたは末子の姿がみえなくなったことに気づかないのか。われに手を貸さなければ、梁溝に死体が浮かぶことになるぞ」

梁溝とは、大梁の南をながれる運河である。

「なんですと」

亥也のまなざしにおどろきと憎悪があらわれた。唇がふるえた。それを視て、李巧は鼻で嗤っている。やがて亥也は肚をすえなおしたのか、

「人を毒殺すれば、息子どころか、わが家族が残らず処刑されます」

と、呻るようにいった。

「おい、おい、ねむらせるというのは、酒に毒を盛るということではない。しばらくねむら

せておいてくれれば、あとはわれがやる」

「まことですね」

「嘘はいわぬ。やってくれれば、すぐに末子は返す」

翌々日、公孫龍の船が梁溝の津に着いた。すぐに荷揚げがおこなわれ、それが終わるまえに公孫龍とふたりの従者が亥也家に案内された。家の奥に通された公孫龍と従者は、亥也と家宰に歓迎され、形式的に符牒を確認しあった。

二時後に、荷の中味の点検が終了し、それが亥也と家宰に報告されると、金貨での支払いがおこなわれた。うけとった金貨をふたりの従者、すなわち旭五と程浜にあずけて退室しようとした公孫龍は、亥也に軽く袖を引かれた。

「沙丘の乱の真相を、余人のいないところで、おききしたい。あとで使いをだします」

「わかりました」

公孫龍と従者は旅館に案内された。従者は旭五、程浜のほかに嘉玄、洋真など、合計十人である。

夕方、亥也の使いが旅館にきた。

従者と談笑していた公孫龍は起って、

「亥也さんは、ふたりだけで話をしたいことがあるようなので、われは別の席で夕食を摂ることになる。みなはここで楽しくやってくれ」

と、いい、外にでて迎えの馬車に乗った。

日没が早い。

馬車が到着した津はすっかり陰(かげ)り、船に灯(ひ)がともっていた。屋根がついた船に招きいれられた公孫龍は、亥也の家人と酒樽(しゅそん)や膳などが乗っている船が並走しはじめたのをみて、おもしろがった。亥也が手を拍(う)つと、その船から酒饌(しゅせん)がはこばれてくるという趣向(しゅこう)である。

やがてその船を遠ざけた亥也は、表情をあらためて、

「わたしは沙丘における主父さまのお考えが、いまだに解(げ)せぬのです。あなたは主父さまに愛重(あいちょう)され、いまの趙王に絶大に信用されている、とききました。あなたが考える沙丘の乱の真相を、わたしに語っていただきたい」

と、いった。公孫龍はうなずいた。

「そもそも主父さまは、趙国を南北に二分して、兄弟に治めさせようとなさった。それほど趙国が巨大になるという予想をもたれた。そこで……」

急に亥也の顔がぼんやりとし、口が痺(しび)れたように動かなくなった。意識を失った公孫龍の軀(からだ)がゆるやかに横たわった。

それを視た亥也は、燭架(しょっか)を船の外にすこしだした。すぐに軽舟(けいしゅう)が近づいてきた。

亥也は船に乗り込んでくる李巧に、

「息子は——」

と、するどく問うた。

「もう、家に帰っているさ。どけ——」

亥也を軽舟に移した李巧は、斧をふるって船底に小さな穴をあけた。それから軽舟にもどり、

「夜でも、このあたりには人目がある。早く沈んでもらっては困る。遠くでゆっくり沈むのがよい」

と、肩をゆすり、声を立てずに笑った。

津にもどって岸壁に立った李巧は、亥也と別れるまえに、

「古昔、呉王夫差は臣下である伍子胥の威名を恐れ、かれを殺したあと、死体を鴟夷（馬の皮の袋）に包んで川にながした。土に埋めれば、人はいつか復活する。が、水はそうさせない。公孫龍のような怪物は、水底に沈んでもらわねば、困る、というわけだ」

と、いい、笑声を放って闇のなかに消えた。

顔をそむけた亥也は、待機させていた馬車に乗り、自宅に急行した。家のなかに末子の顔をみるや、あらかじめ書いておいた書翰をつかみ、使いの者に、

「これを公孫どのの従者に――。わたしは再度津へ往き、船をだす準備をする」

と、書翰を渡すと、ふたたび馬車に飛び乗った。

この書翰が旅館にとどくころ、公孫龍の帰りを待つ者たちは、ねむらずに歓談し、酒を酌み交わしていた。

そこに凶報が飛び込んできた。

書翰を読んだ嘉玄は、嚇とそれをなげうって、

「李巧め。こんな卑劣を天が宥すとおもうか」

と、いきなり剣をつかんだ。床にたたきつけられた書翰に、みながむらがった。直後に、室内は赫怒の声に満ちた。

みなの目が嘉玄の指示を求めた。

「われと洋真は、李巧を斬る。あとの者は、表で待っている使者とともに津へ奔れ。亥也どのが救出の船をだしてくれる」

十人が怒気そのものとなって旅館から駆けだした。半時後、嘉玄と洋真は亥也家の離れに荒々しく踏み込んだ。別室にいた芷冗は腰をぬかさんばかりにおどろいた。芷冗に白刃をつきつけた嘉玄は、

「李巧はどこだ」

と、問いつめた。じつのところ、嘉玄と洋真だけではなく、公孫龍の家人はたれも芷冗の顔を知らない。それゆえふるえながら、

「まだ、帰ってきてはおりません」

と、答えたこの男が、かつての趙の豪商であるとはわからなかった。

李巧はもうここには帰らず、ゆくえを晦ましたと感じた洋真は、

「津にゆこう」

と、剣を斂めた。とたんに涙が落ちた。いきなり胸を抉られたような空虚をおぼえたからである。

公孫龍は主で、洋真は従である。しかしながら、洋真は今日まで公孫龍に仕えてきたというより、ともに生きてきたというおもいが強い。その人が船とともに沈んで、ふたたび地上に立つことがないと想えば、これからどのように生きていってよいのかわからない。公孫龍が死ねば、自分も死ぬのである。李巧のような怜悧な男は、たびたび事をしくじらないであろう。それを想うと、胸が張り裂けそうになる。

「玉はないか」

家の外にでた洋真は、嘉玄に問うた。炬火をもった嘉玄の目もまっ赤である。

「ない……。しかし、なににつかう」

「主を助けてくれるのは、もはや、水神しかない。玉を沈めて、祈る。そのためだ」

「吁々、神に祈ろう」

嘉玄も、この事態の深刻さがわかっている。いまから船をだして、公孫龍を捜しても、みつかるまい。その虚しさを、すでにおぼえている。

「ほかの者が燕に帰っても、われは帰らない」

洋真がそういうと、

「わかった。われも残る」

と、嘉玄はいい切った。

ふたりはともに暗い想念が先行し、その想念のまえにでようと深夜の道をあがくように歩いた。

津に吹いている風はしだいに強くなった。亥也は二、三艘の船をだして捜索をさせていた。ふたりが到着すると、亥也は膝を折り、ひたいを地にうちつけて、

「詫びてすむことではない。が、公孫どのを殺さない工夫はしたつもりです。麻痺させる薬の量をすくなくし、李巧にわからぬように、船の反対側に小舟を結んでおきました。公孫どのが目覚めれば、その小舟に移るはずです」

と、苦しげにいった。

嘉玄と洋真は唇を噛んで怒りをこらえた。ここで亥也を打擲したところで、事が良化するわけではない。しゃがんで亥也の肩を起こした嘉玄は、

「璧があったら、売ってもらいたい。水に沈めて祈るためです」

と、ふるえをおさえた声でいった。顔をあげた亥也はすぐに近くの者にいいつけ、

「璧の売買など、水神に嗤われます。わたしも祈ります」

と、いって起った。

夜明け近くになると、風は猛烈になり、船が顚覆しそうになったので、亥也は捜索を打ち切り、引き揚げさせた。翌日も強風がおさまらないので終日船をださず、捜索を再開したのはその翌朝である。

水没した船が発見された。はるか西の溝が川とつながるあたりに沈んでいたが、公孫龍はもとより小舟もみあたらなかった。

「主は小舟に乗ったのだ」

そう想えば、それが希望の光となる。亥也が川を調べさせたので、嘉玄らは馬を借りて左右の沿岸をあたった。が、五十里さきまで行っても小舟の影はなかった。帰ってきた亥也の家人たちも、小舟をみつけられなかった。

旅館に集合した公孫龍の従者は、燭台を増やし、沈痛な面持ちで談議をおこなった。

「とにかくこの事態を、邯鄲と薊の家に報せる必要がある。われと洋真は残る」

嘉玄がそういうと、

「わたしも残る」

と、いったのは、童凜と碏立である。

「では残留は四人、帰還は六人だ」

嘉玄はそう決めて、翌日に、旭五らを船で帰途につかせた。見送りにきた亥也は、

「わたしは司寇のもとへ行って、罰をうけようとおもいます」

と、嘉玄にいった。

「いや、わが主はまだ死体になってはいない。消えた小舟に真実が積まれている。われわれはなにかを見落としているのです」

真実が隠されていれば、それが謎となる。

嘉玄らは二手にわかれて捜索をつづけた。童凜と碏立は船をあやつり、嘉玄と洋真はなるべく馬をつかわず、歩いて沿岸をさぐった。

だが、手がかりはなく、三日がすぎた。

天を仰いで慨嘆した嘉玄は、

——主は天へ昇ってしまったのか。

と、幽い息を吐いた。しかし公孫龍が死んだという実感はない。どこかで生きている。それは、どこか。

旅館に帰った嘉玄は、四人で川と沿岸の地図を描いて、調べつくした所を朱墨で塗っていった。一か所、空白ができた。

「ここは——」

「草木が密生していて踏み込めない」

と、洋真が答えた。嘉玄はその空白に指を立てて、

「明日、ここを調べる。主はここにいる」

と、強い声でいった。

盗賊退治

公孫龍（こうそんりょう）は目をひらいた。

視界いっぱいに少女の貌（かお）があった。

にわかにその瞳は耀（かがや）き、貌に喜色がひろがった。

「爺（じじ）、この人、気がついたよ」

「そうか。それはよかった。置き去りにするわけにもいかなかったので、ちょうどよかった。まもなく粥（かゆ）が炊（た）けるので、翠芊（すいせん）よ、この人に食べさせておやり」

少女の貌が遠ざかって消えると、かわりに白眉（はくび）が印象的な老人の貌があらわれた。

「おまえさん、五日間もねむりつづけていたんだよ」

「ここは――」

公孫龍は老人の手を借りて上体を起こした。ここはどこで、なぜ自分はここにいるのか。

そう問うまえに、

「おまえさん、名は――」

と、さきに老人に問われた。

「燕の商賈で、公孫龍といいます」

「燕とは、また遠くからきたものだ。われは永翁といい、あそこにいるのが、子の永俊で、火の近くにいるのが、孫の翠芊だ」

永俊はいそがしく家の内と外を歩いている。いちど公孫龍の近くにきて、

「そなたが仆れていた舟は、強風に煽られて中洲にうちあげられた。夜明けまえに漁にでていた父と女がそなたをみつけて、舟からここに運んできた。死人のように軀は冷えていたが、息はあった。それで翠芊が看護しつづけた。体温はもどったが、ねむりつづけて、今日ようやく目を覚ましたというわけだ」

と、早口でおしえた。

ほどなく翠芊が粥を運んできた。湾曲した枯れ葉に粥が盛られており、それを木製の匙で食べた。すでに食器類は家の外に運びだされたらしい。

熱い粥が体内にしみるようにはいって、公孫龍の気力と体力をよみがえらせた。

醒寤したとき、消耗したという自覚はなく、長い休息をとったあとのような感じをおぼえた。起てば、いきなり颯と動けそうだが、用心してしばらく板敷の上に坐ったまま、家のなかを眺めた。

弓矢と戈矛が片隅にたてかけられている。

――この永俊という人は、もとは武人であったのだろう。

そういう目で永俊を視れば、いまだに骨格は頑健で、武術も錆びているようではない。

永俊は戸をひらいて外のようすをうかがってから、父と女に、

「われらも粥を食べて、退去することにしよう」

と、いい、炉のそばに坐った。外は微かに明るかった。黎明なのであろう。炉の火をはさむかたちになった公孫龍としては、わからぬことが多すぎるので、問いを発しつづけたいが、まず、

「転居なさるのか」

と、問うた。どうみても、この三人はこの家を棄てるようである。

「そうだ」

永俊はぶっきらぼうに答えた。

「なにゆえに――」

「郊外を荒らしまわっている土龍という盗賊団に目をつけられた。やつらは襲う家の近くで烽煙を上げる。それを瞻たので、ここを引き払うしかない」

そうくやしげにいった永俊は、ここがどれほど棲みやすかったかを手短に語った。家の三方を密林が塞いでいるので、陸からはこの家にはいれない。唯一の出入り口は入り江であるが、この入り江は、いわば繁陰にあって、繁枝をくぐらないと通行できないので、川を往来する船からは発見されない水路である。

「わたしが司寇に報せましょうか」

と、公孫龍はいってみた。

「いや、むだだな。土龍はまさにもぐらで、分散して地にもぐっており、司寇はその巣をつきとめられないでいる。荒仕事をするときだけ集合し、住民を殺し、家を焼く。司寇の手の者が到着するころには、かれらは姿をくらましている」

「どれほどの人数なのですか」

「二十人はいないときいている」

それをきいた公孫龍は無言のまま起って、たてかけてある弓矢を指で撫でてから、戈をにぎった。それから永俊にまなざしをむけて、

「賊を退治しましょう」

と、力まずにいった。粥を食べるのをやめた永俊はあきれたように公孫龍を視て、

「いたって獰猛なやつらだ。三人に囲まれれば死ぬ。そなたのような商賈には武術はわかるまい」

と、いった。が、公孫龍はそれには応えず、自分が食器としてつかった木の葉をゆびさして、

「投げ上げてごらん」

と、翠芊をうながした。

木の葉が虚空に浮いた。公孫龍は戈を動かした。目にもとまらぬ早技というわけではない。舞を舞うようなゆるやかさで戈が動いた。木の葉もゆるやかに落下し、翠芊の掌の上でふた

つに割れた。

「まあ――」

というおどろきの声とともに、両断された木の葉を翠芊は父にみせた。直後に、跳びすさった永俊は、公孫龍を睨み、

「そなたは、何者だ」

と、するどく問うて、身構えた。戈をおろした公孫龍は、

「あなたこそただの漁人ではありますまい。たとえ三人に囲まれても、死ぬような人ではない。戦いとは、多数が相手でも同じことで、敵の主将と佐将を討てば、数万の軍でも破壊できます。まして襲ってくる盗賊団は二十人未満です。魏都の近郊と遠郊に住む人々を安心させるためにも、ここで捕斬しましょう」

と、やわらかくいった。

「ふたりで、か……」

火の近くにもどるまえに、矛の柄をつかんだ永俊は、しばらく考えてから、柄を切り落として半分の長さにした。狭小の場でそれをふるうことを想定したからである。

ほどなく永翁と翠芊が舟に乗った。

すでに草木と沚から暗さが消えている。風はほとんどなく、鳥の声がきこえた。

「大梁の旅館にわたしの従者がいます。その旅館は大梁のなかで、一、二といわれるほど大きいので、すぐにわかります。津から五里ほどの距離です」

公孫龍は永翁に連絡をたのんだ。

その舟が、多くの枝と葉を垂らしている樹影のむこうに去ると、公孫龍は家の周囲を歩いた。

「屋根にはのぼれますね」

「梯子がある」

永俊は納屋から梯子をだした。それをうけとった公孫龍は軒下に横たえて藁で隠した。

「裏口はありませんか」

「牖はたやすくはずれるようになっている。裏口のかわりだ」

永俊はたれかに襲われることを想定して脱出孔を作ったのであろう。

まもなく日が昇るころに、密林から硬い音がながれてきた。

「きた――」

盗賊どもが繁茂している草木を伐る音であると永俊はいう。かれらは荒々しく侵入路を造りながら家に迫っている。水上は、司寇の目が厳しいので、かれらは舟をつかわなくなっている、ともいった。

「では、家のなかに――」

ふたりは家のなかに坐り、蓆をかぶった。わざと炉の火は消さなかった。

半時も経たないうちに、家の外がにぎやかになった。盗賊どもが奇声を揚げている。

「ここは、われらの隠れ家にはぴったりだ。家の者は逃げたにちがいない」

「納屋は、空です」

「そうか、納屋と家に火をかけるな。われらの住処になる。よし、家のなかをみよう」

それらの声が公孫龍にはっきりきこえた。

戸を蹴破ってふたりがはいってきた。とたんに炉の火を怪しんで足をとめた。ふたりのあいだに傀然と立った首領は、火の近くでふるえている薦を睥睨すると、

「そこの逃げ遅れた者が、女であろうと子どもであろうと、逆さ吊りにして火で炙ってやれ」

と、左右の者にいいつけた。手下が動いた瞬間、薦のあいだから放たれた矢がまっすぐに首領の胸に飛び、革の甲をつらぬき、その巨体を殪した。

手下が愕くまもなく、薦が舞い上がり、その下からでた矛と戈が、ふたりを刺撃した。

またたくまに三人を斃した公孫龍と永俊は、みじかく目語するや、離れた。永俊は首領の首を馘って棒の先に吊るし、入り口に立つと、

「賊魁は首だけになったぞ。うぬらも、首だけになって頭に殉いたいか」

と、威喝し、棒を高く掲げた。

賊はうろたえながらも、永俊のほかに人はいないとみて、

「頭の仇だ、やってしまえ」

と、叫び、永俊をとり囲もうとした。そのとき、ひとり、ふたりと倒れた。

「屋根だ。あそこにもいるぞ」

そうわめくようにいった者も、公孫龍の放った矢に頸をつらぬかれた。賊があわてて屋根に弓矢をむけたとき、もうそこには公孫龍はおらず、永俊も家のなかにかくれた。

「火だ、火だ、家を焼いてしまえ」

声だけは威勢がよいが、すでに六人を失った賊は、じりじりと家の裏にまわった。が、そこに公孫龍と永俊が立っていた。退路をふさがれそうになった賊は、死にものぐるいとなり、ふたりに襲いかかった。弓矢がむけられたと知った公孫龍の手から、飛礫が放たれ、射手の顔面を割った。

——童凜だけが飛礫の達者ではない。

と、笑った公孫龍は、戈を一閃させた。それよりまえに永俊の矛は、賊の得物をたたき落とし、ひとりを刺殺していた。

「わっ——」

と、賊は崩れ、密林の路に殺到した。が、かれらにとって不運であったのは、その路が嘉玄らによって塞がれていたことである。たまたまその路をみつけた嘉玄らがすすむところに、逃げ去ろうとする賊が出現した。嘉玄に撃ちかかった先頭の賊は、またたくまに嘉玄の剣によって斬り伏せられた。うしろの賊はその剣を恐れ、あとじさりをするうちに窮し、ついに得物を棄てた。

賊の八人が公孫龍と永俊のまえにひきすえられた。

「主よ、やはり、ここでしたか」

嘉玄と洋真は歓喜のあまり涙をながした。

「その八人に縄をかけよ。これから司寇のもとに曳いてゆく。それにしても、よくきてくれた」

「童凜と碏立は、川からここに上がってくるはずです」

「ははあ、すると、永翁どのと入れ違ったかな」

公孫龍から事情を語げられたふたりは、死体の多さにおどろき、

「盗賊団をたったふたりで迎え撃ったのですか」

と、感嘆した。四人が死体のかたづけをはじめたとき、入り江をすすんできた舟が沚に着いた。なかから童凜と碏立が歓声を放って飛びでてきた。ふたりに笑貌をむけた公孫龍は、

「ここにいる永俊どのに、いのちを救ってもらった」

と、おしえた。

ところが永俊の顔色が冴えない。盗賊団を殄滅したのであるから、憂惕は消えたはずなのに、愁眉をみせはじめたのはなぜであろうか。

公孫龍は永俊の耳もとで、

「あなたの憂色はどうしたことでしょうか。わたしは明日にも燕へむかって去る身です。あなたのことを他言することはありません。心配事があるのでしたら、どうかわたしにだけ、うちあけてくれませんか」

と、いった。しばらく地をみつめていた永俊は、ふたりだけで、という目つきで公孫龍を

うながし、竹林のほとりまで歩いて腰をおろした。微風をうけて竹の葉がふるえている。が、竹林に音はなかった。

　永俊は重い唇をひらいた。

「あなたが盗賊どもを司寇につきだしてくれるのはありがたいが、そのあとにかならず司寇の検分がある。するとわたしが戦場から脱走した士であることが露見してしまう。そういう事態を避けるために、ここを棄てなければならないということです」

「あなたのような勇士が、脱走……」

　信じられない、という顔つきの公孫龍に微笑をむけた永俊は、

「戦場になった邑の路傍で、嬰児をみつけ、その児を助けるために、離脱したのです」

と、語った。

「あっ、その嬰児が、翠芊ですね」

　永俊はうなずいた。

「たしかに脱走は犯罪でしょう。しかし魏の国にいちども大赦がなかったとは考えにくい。大赦によってあなたの罪は消去されたのではありませんか」

「国法と軍法はちがう。わたしは赦免されていない」

「そうですか」

　隠れて棲むには好都合なこの地を盗賊団に狙われた時点で、家を棄てると決めた永俊は、どこにむかおうとしていたのか。

「転居先は決まっていますか」

「国外にでるしかないが、あてはない」

それをきいた公孫龍は心にはずみをもった。

「いっそ、わたしとともに燕へ往きませんか。あなたが処罰を恐れながらも、魏という国を離れなかったのは、国に愛着があるか魏王室を尊崇しているからでしょう。魏王の遠祖は、周の文王の子の畢公高ですね。燕の高祖は、周の文王の孫である成王を輔けた召公奭です。魏と燕はともに姫姓（周）王朝を支えたというあいだがらです。あなたのような勇士を、日の射さない辟陋の地で腐らせるのは、天下の損失です。しかも燕には、いちどは魏王に仕えた楽毅どのが亜卿としています。楽毅どのの炯眼は、あなたを将器とみるでしょう。翠芊の将来を考えても、燕へ往くべきです」

公孫龍は切々と説いた。

永俊の表情が動いた。

――この男がただの商賈であろうか。

盗賊退治にみせた武術は非凡そのものであり、自分がこの者と戦っても勝てぬかもしれぬ。それにこの者が半死半生で中洲にながれ着いたわけにも深邃があろう。要するに、永俊にとって公孫龍は、人というよりも神気であり、

――祖先の霊がこの男をつかわしてくれた。

と、感じるようになった。

「魏をでるがよい」
竹林のどこかから、そういう声がながれてきた、とおもった。永俊の家は魏の文侯の時代からはじまり、家祖は呉起将軍の下で秦軍と戦った。以後、累代の家主は戦陣で功を樹て、魏の君主に尽くしてきた。永俊も魏王に篤い忠誠心をもっていたが、戦地で踏みつぶされそうになった赤子を拾ったことで、その忠誠心を発揮する場を失ったどころか、戦場から逃げた卑怯者にされてしまった。それでもいつかその汚名をすすぐ機会がくると信じて、魏にとどまっていたのである。

――だが、それは妄想にすぎなかった。

永俊はここで覚醒した。

「魏を去るにあたっては、父を説得しなければなりません」

家のなかにもどった永俊は、牘と筆硯をさがし、短文を書いて、公孫龍に手渡した。

「永翁どのと翠芊をかならず船に乗せますよ。あなたはここから近い津で待っていてください。その津は、どこにありますか」

「衍という邑です」

「では、明朝、わたしの船は大梁をでます。衍までどれほどかかるのかわかりませんが、かならず船を着けます」

公孫龍がそういった直後、入り江のほうからざわめきがながれてきた。多数の人の声である。目つきを変えた永俊は、

「わたしは隠れる。あとは、よろしく――」

と、いい置いて、すばやく走り去った。

ほどなく上陸してきたのは、亥也の家人で、かれらは旅館をさがしている永翁に不審をおぼえ、とどめて、公孫龍の消息を知った。

かれらに永俊のむずかしい立場を知られるのはまずいとおもった公孫龍は、従者には緘口を強いておいて、捕らえた盗賊どもを大梁まで連行させ、自身は亥也家の船に乗った。その船には童凜だけを同乗させた。大梁にもどるあいだに童凜から詳しい事情をきいた公孫龍は、

「亥也どのも、苦しかっただろう」

と、つぶやいた。

大梁の津には、多数の家人を従えた亥也が立っていた。かれは船からおりた公孫龍に駆け寄って、その手を執り、

「わたしも水神に祈っておりました。あなたをここにもどしてくれた水神は、わたしをも救ってくれたのです」

と、涙ながらにいい、手を放すや、公孫龍の足もとで、叩頭した。

すばやくしゃがんで、その腕を軽く引きあげた公孫龍は、

「あなたのご子息もぶじで、わたしもこうして帰ってきました。今回が、あなたとの最初の取り引きですが、永くあなたとはつきあってゆけると確信しましたよ」

と、はっきりいった。このあと亥也とともに馬車に乗った公孫龍は、旅館に着くまでのあ

いだに、

「帰国の予定がずいぶん遅れてしまいました。司寇への報告や検分の立ち会いをまぬかれて、明朝発ちたいので、捕らえた盗賊を司寇へつきだすのは、あなたと配下のかたにやっていただきたい」

と、懇請した。亥也は目で笑った。

「土龍という盗賊には、懸賞が公示されていて、捕斬した者にはすくなからぬ黄金がさずけられるのです。なにもしないわたしが、その黄金をうけとるわけにはいきません」

「黄金をうけとるにふさわしい者が、旅館にいます。あなたが司寇から賜る黄金の分を、さきにその者に与えてくれませんか。その者は、明朝、わたしの船に乗りますので、ご配慮のほど、よろしく」

むろん、その者とは永翁である。

旅館にはいるまえに、別の馬車からおりた童凜にいいつけた。

「大梁の門のほとりに亥也の配下が待機することになっている。ここで馬を借りて、嘉玄らに伝えよ。盗賊どもを亥也の配下にあずけよ、と」

「承知しました」

潑剌と声を放った童凜が馬とともに駆け去るのをみとどけた公孫龍は、おもむろに旅館にはいった。一室に永翁が翠芊とともに坐っていた。入室した公孫龍を視た永翁の眉宇がにわかに明るくなった。その明るさには、

――多数の賊と戦って死ななかったのだ。

というおどろきがふくまれている。おなじおどろきが翠芊にもあるらしく、公孫龍をまぶしげに視た。

笑貌をふたりにむけて坐った公孫龍は、牘を永翁に渡しながら、

「永俊どのとふたりで、賊を残らずかたづけましたよ」

と、さらりといった。永翁は公孫龍をみつめたまま、

「残らず――」

と、感嘆したようにいった。それから牘を読み、二度うなずいてから、

「これも宿命であろう。父祖があなたをつかわしてくれたのだ。俊と翠芊を陽射しの豊かな地に導いてくだされ」

と、公孫龍にむかって頭をさげた。

日が西にかたむくまえに、公孫龍のもとに童凜、嘉玄、洋真、碏立の四人が集合した。そこに亥也の家人が黄金をとどけた。金貨がはいった皮の袋を永翁に渡した公孫龍は、

「永俊どのが魏のために働いたご褒美(ほうび)です」

と、いった。

翌朝、亥也と多数の家人に見送られて、大梁の津をでた船は、日没まえに衍の津にはいった。さっそく永俊が乗り込んできた。船中に永翁と翠芊がいることを目でたしかめた永俊は、公孫龍とふたりだけで艫(とも)に立ち、

「あなたはわたしが想っている以上に、大きな力をもっているにちがいない。燕で推挙してくだされば、燕王にお仕えできるのだろう。しかしわたしは公式な場にはでたくない。できれば、楽毅どのの私臣でいたい。おわかりくださるか」

と、あたりをはばかりながらいった。

「よく、わかります。亜卿さまはあなたを得て、お喜びになろう」

吹いてきた寒風に首をすくめた公孫龍は、永俊をいざなって船中にはいり、そこでささやかな宴を催した。永俊を摭ったことは、褒美の黄金の百倍以上の価値がある、とおもい、それをさりげなく賀ったのである。

外交の術

帰途、邯鄲に立ち寄った公孫龍は、愁眉の牙荅らに、顔をみせて安心させた。

五日間、邯鄲にとどまった。そのあいだに公孫龍はひそかに周蒙に会った。たしかめておくことがあったからである。

「斉軍に従って宋にはいった燕軍から、趙王への報告はなされたのでしょうか」

この報告が綿密におこなわれていないと、燕の外交が発展しないどころか、斉王の尻馬に乗ったとみなされる燕王の立場が国際的に悪くなる。

「安心せよ。わが王は居ながらにして、斉軍の侵略路がわかり、その軍の酷烈さをお知りになった。燕軍が輜重隊がわりにつかわれたことも、おわかりになっている。宋は滅んだよ」

「さようですか……」

中山国もそうであったが、宋も外交的に孤立していた。宋を助ける国はまったくなかった。中山王と宋王はともに自尊の心が旺んで、諸国の王に低頭するような外交を嫌い、自国の繁栄のみを望んだ。その結末が滅亡というのは、天理がはたらいているのか、それとも人の世

の理勢とはそういうものなのか。以前にもおなじことを意ったが、国も人も、

——驕れば滅ぶ。

ということを、肝に銘じておくことだ。

「ところで、韓徐将軍が斉を攻めたはずですが、どうなりましたか」

「高唐を攻めたが、成果はなかった。高唐の防備はずいぶん厚くなっていた。平原を失った時点で、斉は用心し、高唐に大量の兵糧を送り、城兵も増やした。高唐を攻め取るには数年かかるだろう」

周蒙は成果なく引き揚げた韓徐の用兵について批判めいたことはいわなかった。それよりも周蒙の関心は燕にあるらしく、

「そなたは燕王のために、めだたないながらも、大いに働いている。わが王はそれをご存じであり、燕王に助力する意向をおもちである。おそらく明年、わが王は秦王とどこかで会見なさるであろう。そこで話がまとまったところで、燕王が不在であれば、両国が連合して軍を東へむけるときに、燕軍を加えぬ、ということになってしまう。そのあたり、ぬからぬように燕の亜卿に念をおしておくことだな」

と、強くいった。

「かたじけないご助言です」

公孫龍はただでさえけわしい時勢のながれが速さを増したと感じた。斉軍が宋を討滅する詳細を、趙から送られた報せによって知った秦王は、不愉快そのものとなり、斉の国力の拡

充をさまたげてやろうとおもいはじめたにちがいない。それには趙と連合して斉を攻めるのが近道なので、明年の会見をもちかけたのは秦王のほうであろう。

――この機運を、燕王はのがしてはならぬ。

そう公孫龍におしえているのは、周蒙であるというよりも、うしろにいる趙王であろう。

すでに公孫龍は自身の生還を伊枋らに報せるために、家人を発たせたが、帰宅すると嘉玄を呼び、

「そなたは亜卿さまに面謁し、われが面会できる日をととのえてくれ」

と、いいつけた。公孫龍の従者のなかに老人と子どもがおり、しかも燕国の川が凍っていて船がつかえないので起伏の大きい陸路をゆくため、いそぐことができない。

「では、そのように――」

嘉玄が去ったあと、一日だけ、永俊、永翁、翠芊の三人を馬車に分乗させて、都内見物をさせた。翠芊はなぜか軀の大きい碏立を好んだので、一乗の馬車は碏立に御をさせ、あとの一乗は公孫龍がみずから手綱を執った。同乗の永俊はしげしげと公孫龍をながめて、

「あなたはもと、どこかの国の公子ではないのか」

と、きわどいことをいった。

「たとえそうであっても、往時から、何百何千という公子が平民になっていますよ。いまの諸国の王の裔孫も、五百年後、千年後には平民になるかもしれません。そう想えば、人の偉さと幸福のありかたとはなんであるのか、考え直してみなければなりません」

「なるほど、あなたという人が、ようやくわかってきた」

魏(ぎ)の国と王室のために代々忠誠を尽くしてきた家に生まれた永俊は、ほかの国へ移り、未知の主人に仕えるための気構えを自問しているのであろう。

公孫龍は都内を巡っているついでに、別宅に隠居している鵬由(ほうゆう)を省(せい)したくなったが、永翁と翠芊が楽しんでいるようすを観(み)て、

——よけいなことをしないほうがよい。

と、おもい、どこにも立ち寄らなかった。

碏立は翠芊だけではなく永翁にも好かれたらしい。童女と老人に好かれるということは、碏立に邪心(じゃしん)がないせいであろう。子どもは鋭敏な感覚で直感的に反応し、老人は積み重ねた歳月にふくまれる経験の目で人を観る。碏立の善心(ぜんしん)には若さが失われていないと同時に、人をかばい護(まも)る豊かな衷情(ちゅうじょう)があるということであろう。

——碏立の特性をふたりに教えてもらった。

都内見物の成果とは、それか。公孫龍は心中で微笑しながら帰宅した。

翌日、日が昇ってから、燕へむかって出発した。

「途中で、雪に遭(あ)うだろう」

そういった公孫龍は馬車をつかわせず、すべてを騎馬とした。碏立の馬に翠芊も乗った。

永翁は壮年のころにはすぐれた武人であったにちがいないと想わせる馬の騎(の)りかたをした。

邯鄲から燕下都(えんかと)までは直線でも七百八十里ある。実際の道程は九百里を想えばよいであろう。

旧中山国を縦断する公道を北上し、燕に近づくころ、あたりの風景は色を失った。前途が看えないほど晦くなり、やがて横なぐりの風雪となった。平原であるのだが、すべての草は枯れ、砂が浮いていて、その砂も風にまきあげられた。

「馬を集めて、その下に隠れよ。地を掘れる者は、掘れ」

そう命じつつ、公孫龍は荷のなかから幕をとりださせて、みなにかぶらせた。二時ほど居竦まっていると、嵐が過ぎた。晴天をみつけた公孫龍は、

「再度、吹雪に襲われると、われらは残らず凍死する。武遂の邑は遠くない。急ぐぞ」

と、みなを起たせた。燕の武遂は、国境に築いた長城のほとりにある邑である。

前途はときどき明るくなったものの、ぶきみな暗さがただよい、いかにも大雪がくるまえぶれのようである。

――休息をとっていては、あぶない。

そう全身で感じた公孫龍は、夕食を摂ることをやめ、夜間もすすむことにした。

雪が落ちてきた。天空のあまりの暗さに、夜明けがわからなかった。奇妙なことに、あたりが輝くように明るくなった。なんと、目前に、武遂の門があった。

――助かった。

公孫龍と従者が歓声を挙げて門内に駆け込んだ直後に、天と地は闇そのものとなり、呼吸ができないほどの烈風に襲われた。雪は横に走った。

あやうくいのちびろいをした公孫龍は、

――冬季の旅を甘くみてはなるまい。

と、自分にいいきかせた。吹雪がやむのを待って武遂から燕下都へ移ったものの、ふたたびの悪天候のため出発を遅らせた。天候が回復すると、なんと伊枋らが出迎えにきた。狛の顔をみた公孫龍は、

「また李巧に殺されそうになりましたよ」

と、苦笑をまじえていった。

「しつこい男だな。あなたの首を主父の霊前にそなえて、なんになる」

「わたしをつけ狙うことが、かれの生きがいなのだろう。意識のないわたしをたやすく殺せたのに、船底に穴をあけるような小細工をした。悪戯としかおもわれない」

「こんど李巧をみつけたら、一矢で殪してやる。もはやあやつは天下の害毒になりはてている」

上都まではにぎやかな帰路となった。仙泰はただただほっとしているようで、上都に着くころに、公孫龍にむかって、

「あなたさまが亡くなられたら、燕王の大志は、果たされぬままになる、と仙英はたいそう憂慮しておりました。天神は燕王をお棄てになっていない、とあなたさまのご帰還で知りました」

と、しみじみといった。

帰宅するとすぐに嘉玄が、

「明後日の夕方、亜卿さまにお会いになれます」

と、ささやいた。このとき永俊が家をながめながら、まるで貴族の宮殿だ、とあきれたようにつぶやいた。

翌々日、公孫龍は永俊をともなって楽毅邸へ往った。この邸宅はさらに大きい。かつて魏は栄えに栄え、魏の恵王は天子きどりであった。その繁栄の象徴である王宮は広大であったから、魏人である永俊は、他国の王侯貴族の宮室におどろくはずはないが、公孫龍の家と楽毅邸を観ただけで、燕という国の富饒が卓抜していると実感した。

――燕王とは、英主にちがいない。

英主とは、魏の文侯をいう、というのが魏人の常識である。ちなみに文侯は恵王の祖父である。永俊としては、文侯のあとの魏の君主だけではなく、他国の君主にも、英主とよべる人はいない、と胸裡で断言していた。ところがいまここで、英主ということばがおのずと浮かんできたことに新鮮なおどろきをおぼえ、

――燕にきたかいがあったかもしれぬ。

と、心がはずんだ。こういうはずみは、魏兵として初陣に臨んで以来である。

永俊を別室にひかえさせた公孫龍は、人払いをした楽毅と会談をおこなった。楽毅は大梁における公孫龍の災難を知っており、

「九死に一生を得たようだな」

と、切りだした。

「拾ったのは自分のいのちだけではなく、珍重すべきいのちも拾いました。あとであなたさまにお目にかけます」

そう答えた公孫龍は、明年、秦王と趙王がどこかで会見をおこなうこと、その会見は両国の友誼を温めなおすという形式的なことではなく、

――斉を攻伐する。

という企図を具体化するものであること、その二点を強調して述べた。

「秦王がでてくるのか」

楽毅は身を乗りだした。秦王が自国をでて会見をおこなうとなれば、それは稀有なことであり、斉の攻伐が虚偽ではないあかしになるであろう。

「さようです。秦と趙が連合して兵を東方にむけることは確実です。もしも秦王が趙王だけでなく他の一、二の国王に声をかけたらどうでしょうか。秦を恐れている国が多い現状では、秦王の誘いを無視する王などいましょうか」

「たしかに……」

楽毅の想念のめぐらせかたも速い。来年には秦軍を中枢とする、いわば連衡の軍が形成される。

「三、四国の軍が繋合して斉を攻めたときに、それに燕軍が加わっていなければ、燕王の宿願はついえてしまいます」

「ふむ……」

楽毅は腕を組んで、顎をわずかにあげた。

公孫龍の舌尖は熱を帯びた。

「たとえその連合軍に燕軍が加わったとしても、燕王の宿望は果たされません。その連合の主体が秦ではなく、燕でなければならぬからです」

「おう、まことに——」

楽毅は大きくうなずいてみせた。それをみた公孫龍は、これから至難といえる外交が待っているが、この人であればそれをやってのけるであろう、となかば安心した。

「はっきりと申し上げれば、あなたさまがその連合軍の上将軍にならねばならぬのです」

上将軍は全軍の総大将をいう。古昔、諸侯を率いて戦陣に臨む天子を上将軍といった。いまは各国の元帥の上に立つ将帥を上将軍という。

「百万の敵に克つことよりも、むずかしい」

楽毅は虚空をみつめながら、苦く笑った。公孫龍も眉宇に微笑をただよわせて、

「孫子の兵法にあるではありませんか。戦いに勝って天下の人々に称賛されても、それは最高とはいえない。人々の目に映らない、いわば無形の勝ちこそ最高である、と。これからのあなたさまの、外交における無形の戦いこそ、至上の戦いとなるでしょう」

と、いった。

楽毅は無言であったが、それは充分に承知している、という目つきをした。

このあと、ふたりは室をかえた。

楽毅は燕のために陰で働いてくれている公孫龍をねぎらおうというのであろう、美膳を用意してくれた。そのまえに、別室にひかえている永俊を引見した。永俊に付き添った公孫龍は、

「この者は、代々魏王に忠誠を尽くし、戦場では遅れを取ったことがない勇士の家に生まれた永俊と申します。しかしながら、ある戦場で、人馬の脚に踏み潰されそうになった嬰孺のいのちを救ったことで、おのれの武功を棄てたばかりではなく、軍法をのがれて軍籍から離脱せざるをえなくなりました。たまたまわたしは永俊の家族に助けられ、その後、家を襲ってきた十数人の盗賊を、永俊とともに捕斬しました。亜卿さまは、この者の清切な武を近くにお置きになれば、邪気を祓って、正道をおすすみになれましょう。永俊はまぎれもなく清士なのです」

と、切々と述べた。

「たったふたりで十数人の賊と戦ったのか」

瞠目した楽毅は、永俊に仰首させ、その面貌を凝視しているうちに、

「なんじの先祖は、わが先祖の楽羊に従って戦ったのではないか」

と、問うた。永俊は平然と、

「そのように、きいております」

と、答えた。

古い話である。中華の覇権をにぎったといってよい魏の文侯は、中山をも取ろうとして楽

羊という将を征かせた。楽羊の左右に、永という氏をもつ勇猛な武人がいた、と伝え聞いていたことを楽毅は憶いだした。

「えにし、とは、ふしぎなものだ。千五百里もはなれていた者を会わせてくれる。永俊よ、われを輔けてくれるように」

「かたじけない仰せです」

即日、永俊は楽毅の家臣となった。それどころか、一年も経たぬうちに、永俊は楽毅に絶大に信用されて、股肱の臣となった。

ところで、十二月の寒冷は、翌年の一月と二月をすぎても衰えず、三月の中旬になってようやく気温が上がった。

その間に、永翁が翠芊を連れてしばしば公孫家に遊びにきた。遊ぶというよりも軀を動かしにきたといったほうが正確である。

「毎朝、漁にでていたので、じっとしているのは苦痛での」

と、永翁は公孫龍に訴えるようにいった。

「翁どのは、すぐれた武人であったのでしょう。わが家には武術場が併設されております。剣と刀それに矛戟の術のほかに射術も、家人が習っています。どうです、弓矢をお執りになりませんか」

公孫龍に誘われた永翁は、

「目のおとろえがあり、弓矢はだめです。矛にさわらせてもらえますかな」

と、いい、腕をさすった。

武術場まで回廊があり、その左右に人の背丈ほどの積雪があった。永俊の家は楽毅邸に隣接しており、楽毅邸から公孫家までは遠いわけではないが、道路にもかなりの積雪があったにちがいない。その道を老人と少女が歩いてきたのであるから、ふたりにはみかけ以上の体力がある。

武術場はむろん屋根のある建物で、五十人が同時に鍛練できる広さをもっている。公孫龍につづいて永翁と翠芊がなかにはいったとき、三十人ほどが汗をかいていた。

矛の指導をしている碏立をみつけた翠芊はうれしそうな顔をした。それに気づいた洋真が、碏立の耳もとで、

「なんじは独身なのだから、翠芊が十五歳になったら、妻に迎えよ。あと四年くらい待つだけのことだ」

と、揶揄をまじえてささやいた。

だが碏立は表情を変えず、

「翠芊のまなざしはわたしにむけられているが、心の目は主をみつめている。翠芊は主に憧れているのよ」

と、いった。この洞察に感心した洋真は、

「主は生涯、娶嫁はなさらぬ、とみた。それを知らぬ翠芊は傷心に苦しむことになる。翠芊はなんじの妻となるのが幸せというものだ。いちどわたしが翠芊にはっきりと話をしてお

く」

　と、いってから、武術場をあとにした。

　それまでに矛を手にした永翁は、すこし腰を沈めて構えた。すかさず公孫龍が、

「さすがですな、翁どの」

　と、称めた。矛や戟などの長柄の武器は、その重さから、水平に保つことはむずかしい。が、永翁の矛はあまり揺れず、矛先もさがらなかった。

「碏立よ、相手は歴戦の兵だ。立ち合ってみよ」

　この公孫龍の声にうながされた碏立は、やや無造作に矛を構えた。すぐに永翁は動き、軀に近い相手の矛先を恐れず、踏み込んだ。同時に永翁の矛先は半円を描いて、碏立の頸を狙った。むろん両者の矛の刃には革がかぶせられている。碏立はよけることなく、襲ってきた矛先を素手で受けたようにみえたが、じつはすばやく柄をさかさまに樹てるように防禦し、永翁の矛をはじき飛ばした。その一瞬をみのがさなかった公孫龍は、

　——碏立でなければ、伏たれていた。

　と、おもい、手を拍ち、

「翁どの、みごと」

　と、あえて大声で称嘆した。場内にいる者たちもこの立ち合いを観ており、永翁の矛のふしぎなつかいかたを目撃して、ざわめいた。

　腰をついたかたちの永翁は、そのまま安座して、

「もう、息苦しい。これでは戦場で役に立たぬ」

と、自嘲の笑いをみせた。

直後に、碏立に駆け寄った翠芊が、矛の柄をなでたあと、それを持ち上げようとした。矛先は上がらなかった。わずかにくやしげな表情をした翠芊は手をはなして、碏立をみあげた。それが翠芊のひそかな賛嘆なのであろう。

この日からあとに、永翁が武術場にくるたびに翠芊も蹤いてきた。気がつくと、復生の手ほどきで、棒を振っていた。上から下へまっすぐに振る、という鍛練を目撃した公孫龍は、

「刀の術を教えるのか」

と、復生に問うた。

「さようです。婦女子が戦場に立って矛戟を持つことはありませんので、護身術には、剣よりも刀、もっといえば主がおつかいになる柄の長い刀がよいとおもいましたので、そのための基礎鍛練をさせることにしました」

「なるほど……、しかし、翠芊にとって武術は、いまだけの関心事だろう」

「さあ、どうでしょうか。翠芊の気の強さは、尋常ではありませんよ。しかも集中力がすごい。翠芊は自分の身を護りたいわけではなく、たれかを護りたいのでしょう」

「ほう、そう視たか」

公孫龍としては、永翁と翠芊が春までたいくつに過ごさないのなら、それでよかった。

雪が消え、春の陽射しにぬくもりが感じられるころ、公孫龍は旭放家へ往った。すぐに旭

放は顔をほころばせ、

「公孫素を正式にわが子として、国衙に届けました。名を改めて、旭曜となりました」

と、うれしくてたまらないようにいった。妻子を失った悲しみを秘めて生きてきた旭放の心が、ほんとうに晴朗になったといえる。曜は、昔失った子の名にちがいない。

「跡継ぎができましたね」

旭曜はまだ十二歳なので、旭放にとって孫のような年齢である。それだけにかえってかわいくてしかたがないのであろう。

「旭曜にとって、あなたは兄です。すると、わたしとあなたは、なかば父子で、いうまでもなく身内になります」

できることなら公孫龍を猶子としたかった旭放の願いは、それこそなかばかなったことになる。

「やっ――」

笑いながら、うなじを平手で軽くたたいた公孫龍は、

「これから旭放どのを、父さん、あるいは父上と呼ばなければなりませんかな」

と、いって、さらに旭放を喜ばせた。その翳りのない笑貌を視た公孫龍は、ここまでさまざまなことで手助けをしてくれた旭放に、多少の恩返しができたような気分になった。

若者たち

二時ほど公孫龍は旭放と話しあった。

そのあいだに、旭曜の顔をみなかったので、

「弟は、どうしていますか」

と、問うた。この問いにも、旭放は楽しげに答えた。

「あの子は、あなたに憧れているのです。武術は房以を相手にはげんでいます。が、学問もしたいというので、郭隗先生にお願いしたところ、高弟の荀珥先生に就けることになりました。たいそう親切な先生なので、曜は喜んで通っています」

「ああ、あのかたは良い」

楼煩人であった狟、狶、狽の三人が師事した高弟で、その三人をねばりづよく教育してくれた。

「ところで――」

旭放はいちど起って室外にたれもいないことをたしかめてから坐りなおして、からだをか

たむけた。

「亜卿さまが、ひそかに趙へ往かれます」

「ひそかに、といいながら、あなたは知っている」

「いいえ、これはご側近の呂飛さまからのご伝言で、龍子だけに伝えておくように、とのことでした。これはそれほどの重大事ですか」

「たぶん、明年、天下が驚愕するような壮図が実行されます。これはその第一歩です」

公孫龍としては、楽毅の外交術が成功してくれることを祈るしかない。

初夏になった。

永翁は十日にいちど武術場にきたが、翠芊はほぼ毎日、復生から与えられた棒を振りにきた。仲夏には、その棒はすこし長くなり、先端に木製の刃がとりつけられた。

復生はその刃をゆびさして、

「木であるといっても、金属に比い重さのある木があります。あの刀を自在に振れるようになるまでは、三年かかりましょう。おそらくあの子は、途中で投げださないでしょう」

と、翠芊の性質をみぬいたようにいった。

「それなら――」

すぐに公孫龍は永翁のもとにゆき、ちょっとお話があります、と別室に誘って、

「翠芊とともに、わが家へ移ってきませんか」

と、いってみた。

永俊は楽毅に信用されて、もはや重臣のひとりに加えられた。それにともなって、永俊の家に僕婢がはいり、四、五人の従者が採用されたときいた。永翁と翠芊がそれを喜んでうけいれたのであればかまわないが、永俊が娶嫁することになれば、とくに翠芊の居場所がなくなってしまう。賢い翠芊はそういう予感と不安をおぼえているがゆえに、公孫家に連日くるのであろう。

「ははあ、お見通しですかな」

永翁は白い鬚を撫でながらおだやかに笑った。ここに転居してきたい、ということであろう。

「家屋を用意させます。が、そこに籠もられることなく、この家全体がご自身の家であるとおもって、歩きまわってください」

「それは、それは——」

庭をふくめて公孫家は永俊の家の数十倍も大きい。永翁と翠芊はいまの気詰まりから解放されるにちがいない。

半月後、実際にふたりは公孫家に移ってきた。公孫龍はふたりが家に落ち着いたのをみとどけると、礁立を呼び、

「翠芊には、男装させなさい。武術を習うにはそのほうがよい。また、われの近くに置いて、教えたいこともある。なんじのいうことであれば、素直に順うであろう」

と、いいつけた。

三日も経たぬうちに、翠芊は少女から少年に外貌を変えた。武術場に通いやすくなったせいで、鍛練についやす時間が長くなった。その時間をじゃましないように、公孫龍は翠芊を動かした。公孫龍と伊枋、それに嘉玄が商用ででかけるときには、かならず翠芊を随伴させた。取り引き先をすべておぼえさせるためである。翠芊には人からあれこれ指図されることを嫌がる性質があるが、賢いので、こまかなことを教えなくても理解し記憶してゆくにちがいない、と公孫龍はみた。

やがて翠芊の体軀に芯ができたようにしっかりしてきた。また公孫家のなかを、なめらかに動くようになった。

永翁は、といえば、下働きの者たちと親しくなり、産物の仕入れや運搬のために、かれらと外を歩くようになった。

暑いさかりに、房以が旭放の使いで牘をもってきた。一読した公孫龍は大きくうなずいた。文面は簡潔で、

「趙王は秦王と中陽において会見す」

と、あった。

「おう──」

公孫龍がするどく声を発したので、房以はいぶかしげに、

「あなたさまがおどろかれるのは、めずらしい」

と、そのわけを問いたい目つきをした。

「房以よ、われが難事に直面したときには、そのつどそなたの力を借りた。明年は難事が生ずるというより、快事がある。その快事に、旭放どのに代わってそなたが参加することになろう」

「快事……、まことですか」

「ふむ、そなたは旭放どのの家人を鍛えている。その人数を三十か四十そろえて、われとともに出発すると想ってもらおう」

房以は破顔した。

「きいただけで、わくわくします。主人はそんなことをいいませんでしたが」

「旭放どのは、呂飛さまの伝言を中継するだけで、事態の全容がわかっていない。いまわれがそなたにいったことは、国家の秘密工作にかかわるといえないこともない。とにかく戦場にでてもぞんぶんに働ける者を、三、四十人、ととのえておいてくれ」

「承知しました」

はずみのある口調でそう答えた房以が去ったあと、ふたたび牘に目を落とした公孫龍は、

「いよいよ、いよいよ」

と、くりかえしつぶやいた。

王侯が会見する場合、国力が対等であれば、両国の中間地点が会見地となる。趙王と秦王が同意した、中陽、という邑の名に公孫龍は憶えがある。

——永翁、永俊父子が棲んでいたところから、遠くない邑だ。

つまり両王は、会見場を魏都から遠くないところに設定し、すでに会盟を終えた。会盟の内容は、

「趙と秦は連合して斉を伐つ」

ということでなくてはならない。それにしても、

——秦王がよく中陽までできたな。

と、公孫龍は感動して、胸がふるえた。秦の昭襄王という人は、かつて楚の懐王を招いておきながら、入朝すると自国に拘留して、客死させたという狡猾さと傲慢さのある王である。趙王を騙すつもりであれば、会見の地をもっと西にするであろう。とにかく趙王に秦王との会見を勧め、しかも用心を説き、万一の場合は、趙王を護りぬくという裏工作をおこなっているのは、楽毅であろう。会見が終わったということは、楽毅のひそかなこころみが成功した、とみたい。

——趙と秦の連合に、燕が加わったのだ。

三国だけでも、おそらく明年に、斉を伐つための出師がおこなわれる。

「そうだ……」

趙軍が遠征するか、どうかを、たしかめる方法がある。

嘉玄と洋真を呼んだ公孫龍は、

「安平の祖谷どのに会って、明年、趙だけではなく燕も、牛、豚、鶏が入用になる、と伝えて反応をみてくれ。すでに祖谷どのは食料の供給を、趙から打診されているはずだ。反応が

なければ、趙では出師に反対する意見が多く、趙王は秦王に空約束したことになる」

と、いい、祖谷が管理している畜類を買いとるための予約金を、ふたりに渡した。

嘉玄と洋真は勘がよいので、

「あっ、いよいよ燕王の宿願が果たされるのですか」

と、眉宇を明るくした。

「見通しは悪くない。しかし、ほんとうに燕王が願ったかたちになるには、まだ難所がいくつかある。亜卿さまが燕の王ばかりでなく国をも牽いて、その難所を越えようとなさっている。そのことを燕の民はまったく知らず、表に現われて、はじめて仰天する。それほどむずかしいことを鋭意なさっている」

「さようですか」

ふたりは表情をひきしめた。明年には、燕王にとって乾坤一擲の大勝負がおこなわれる。負けることがなくても、なまぬるい勝ちかたでは、燕王の宿願は果たされず、時宜がふたたびおとずれることはあるまい。

安平へむかったふたりが帰ってくるまでに、また房以がことづけをもってきた。

牘に書かれた文字は、公孫龍を喜悦させた。

「秦王は楚王と宛において会見す」

秦王が諸国の王を誘引すべく積極的に動いている。こんどは楚の頃襄王を誘ったのだ。宛は、楚が北へ進出するために最重視している邑で、むろん楚の一邑である。魏から南下して楚へ往った秦王の意欲はなみなみならぬものがある。秦王は楚の臣民から怨まれていると承知していながら、楚の国にはいったのだ。

——これで秦、趙、楚が連合することは、まちがいない。

その三国に燕が加わるわけだが、四国連合が確定すれば、魏と韓が兵をださぬわけにはいくまい。秦王の奔走を無視すれば、あとが怖い。すると、明年には六国連合が形成される。そういうながれを斉がまったく知らないでいるだろうか。

——外交的な切り崩しをおこなうはずだ。

その一手は、併呑した旧宋国の国土を割いて、魏と楚に与えることである。すでにそれをおこなっていたのであれば、ふたたびおこなって魏と楚との友誼を深めようとするであろう。また斉は燕を属国視しているので、明年、自国の防衛を手助けさせるために、出師をうながすであろう。この要請をあっさり拒絶すると楽毅がひそかにおこなっている工作が無になってしまう。燕王の側近はそのあたりをこころえて進言するであろうが、公孫龍は旭放を介して呂飛に念をおすことにした。

半月後、嘉玄と洋真が帰ってきた。

「主の予想通りでした。すでに大量の畜類が趙に買いとられることになって、おさえられていました」

「やはり、そうか……」

これで明年、趙軍が秦軍とそろって斉へむかうことはまちがいない。そう確信した公孫龍

は、さっそく郭隗のもとへ行き、

「すでに先生は秦王が楚王と会見したことをご存じでしょう。ゆえに、こまかなことを申しませんが、ひとつ、お願いがあります」

と、懇願した。

「ふむ……」

「燕軍が出陣する際、わたしに輜重のお手伝いをさせていただきたい。燕王へご献言なさるときに、そのことを添えてくださると、ありがたいのです」

郭隗は口もとをやわらげた。

「そなたが趙の主父に従って中山でどのように戦い、さきの趙軍の遠征で、東武君をいかに護りぬいたかを知っているのは、われだけではない。燕王もご存じである。ゆえに王はそなたを亜卿どのの近くに置きたいとお考えになる。そなたは王の臣下ではないので、まず、客将といったところであろう」

「これは、おどろきました」

「なにも、おどろくことはあるまい。年内には趙王の使者がそなたのもとにくるであろうが、それを承けてもらってはこまる。そなたは燕軍とともに行動してもらいたい」

「はい……」

公孫龍はうつむいた。しばらく無言でいたので、いぶかった郭隗から、

「どうしたのか」

と、問われた。首をあげた公孫龍の目に涙がたまっている。

「小国にすぎなかった燕とその王を、ここまで導いてこられたのは先生です。いかなる功も、これをしのぐものはありません。天が、燕をあわれんで、先生をおつかわしになったのです」

郭隗はまなざしをそらして、虚空を視た。

「天の意を知り、天の声をきくことは、むずかしい。天にもっとも近い高山に登れば、それができるのであろうか。皮肉なことに、実際には、その逆で、天からもっとも遠い地に臥せなければ、それはできない。燕王は国を再興なさるとすぐに賢人、傑人を求めて、国じゅうをお歩きになった。それは、地を這ったにひとしい。さまざまなことを教えてくれる庶民が、燕王にとって師となったはずだ。天命というものは、庶民とともに在って、庶民を活かそうとする者に、くだる。周の文王がまさにそれであった。文王の事業は、文王が国民に命じなくても、国民が率先して喜びながらおこなった。いまの燕王は文王に及ばぬながらも、それに比い」

郭隗はおのれの功績をまったく誇らなかった。

――それも、そうか。

公孫龍は多分に納得した。郭隗先生にかぎらず、臣下や説客がどれほど善言や妙案を王に献じても、採用されて実行されなければ、雑言の類に落とされて消えてしまう。それとともに、発言者も消える場合がある。端的な例は魏に多い。呉起と孫臏という天才兵法家をのがし、公孫鞅（商鞅）という法家の大才を去らした。かれらが魏にとどまっていれば、いまや魏は圧倒的な強国になっていたであろう。

秘密裡に外遊をおこなっていた楽毅が、秋に帰国した。

だが、あわただしさは、どこからも伝わってこない。かえってそれが秘事の重大さを感じさせる。

公孫家の連絡係りとして薊と邯鄲の間を往復している申容に、

「明年の晩春に、この者たちは、ここに移ってくるように」

と、十五人の氏名を書いた名簿を渡した。それらの者はかつて公孫龍に従って戦場を踏み、めざましい働きをした。明年、出師があると信じている公孫龍は、どうしてもかれらを従えてゆきたい。

申容はすぐに立ち去らなかった。

——いいたいことが、あるらしい。

公孫龍は申容のためらいをほぐすように、

「いい忘れたことがあるだろう。百里も先に行ってから引き返してくるなら、いまいったほうがよいぞ」

と、冗談めかしていった。申容はわずかに笑った。

「杜芳どのの病状が——」

「えっ、杜芳は、病か」

召(しょう)公祥(しょう)の家臣であった杜芳は、最初から公孫龍個人の財産を管理してくれた。そのときすでに五十歳に近かった。

「よし、見舞いに往く」

童凜(どうりん)、嘉玄、洋真に声をかけた公孫龍は、旅装に着替えると、馬に乗った。邯鄲の公孫家をあずかっている牙荅(がとう)が、杜芳の病状を知らせてこないということは、重病ではない、と判断しているせいであろう。だが、申容は病状を深刻にうけとめている。

――申容は杜芳に親しくなった。

たぶん、そういうことであろう。両者の認識のずれに配慮しなければならない公孫龍は、邯鄲の家に到着すると、まっさきに牙荅に会って、明年の出征をほのめかしながら名簿を渡した。そのあと家中をみまわりながら、

「杜芳の顔がないが……」

と、さぐりをいれた。

牙荅の口から杜芳が病であると告げられたので、心おきなく見舞いができた。しかも牙荅の案内で杜芳の家にゆけた。

公孫龍ははじめて杜芳の妻子に会った。子はまだ十二歳であると牙荅からきかされて、

――妻は継妻(けいさい)か。

と、知った。牀上(しょうじょう)の杜芳は公孫龍の訪問におどろいて、牀下に坐った。なるほどみかけは重病ではない。

「勤務をおこたるようなからだになっております。お宥しください」

杜芳は病身になっても謹恪である。

「なあに、そなたは人一倍働いてきたのだから、しばらく休養して、復帰してくれればよい。われは明年、燕の遠征軍に加わる。当分、帰れない。帰ってきたときには、回復したそなたの顔がみたいものだ」

これが公孫龍の本心であり、まことの願いでもある。

「ありがたいおことばです」

頭をさげた杜芳に、疲れの表情をみた公孫龍は、

「牀上にもどるとよい」

と、いい、杜芳の手を執った。瘦せた手であった。しかしこの手は、公孫龍を支えつづけてくれた手でもある。そうおもうと、胸のどこかが熱くなった。

杜芳は目を潤ませた。

感傷に染まった公孫龍は、室外にしりぞいて、表情をあらためた。

「お困りのことがあったら、なんでも牙荅にいってください。子は遊びに夢中になる年ごろでしょうが、遊びに厭きたら、牙荅にあずけてください」

杜芳の妻に、ねんごろにそういった公孫龍は、牙荅とともに家の外にでて、嘆息した。それから牙荅に顔をむけて、

「なんじの子をふくめて、つぎの世代の若者を育成する時に、さしかかっている。なんじの

子の歳を知らず、会ったこともないような主人は、怠け者というしかない」

と、自嘲ぎみにいった。

「君主がすべての臣下の子の歳を知っているでしょうか。お気になさらなくてよろしいのです」

牙苔はちょうど四十代のなかばという年齢であろう。ずいぶんまえに、妻子を周都から呼び寄せたときいている。

「はは、われは君主ではない。なんじの子に会っておきたい。名は――」

「参といいます。二十歳をすぎたばかりです」

そう答える牙苔の口調にうれしさがある。

「どこにいる。店にいるのか」

「倉庫にいます。荷の割り振りをおぼえさせています」

「よし、倉庫へゆこう」

公孫家の倉庫は城内と城外にあり、城外の倉庫のほうが大きい。塩のほかに穀物もあつかうようになったからである。

倉庫の内外では数人が働いていたが、公孫龍と牙苔がそろって到着したことにおどろき、全員が並んでふたりを迎えた。そのなかの左端にいるのが、牙参であると耳うちをされた公孫龍は小さくうなずき、馬車をおりると、

「検分にきたわけではない。みながよく働いているときいたので、どんな顔をしているのか、

みにきただけだ」

と、いい、みなの固さをほぐした。

全員を円座（えんざ）のかたちで坐らせた公孫龍は、それぞれの氏名と年齢それに出身地をさりげなく問うた。牙参には特別な声をかけず、全員と、かたよりなく対話した。公孫龍にうちとけて忌憚（きたん）なく発言できるようになった者たちは愉（たの）しげであった。一時（いっとき）以上かれらと語りあった公孫龍は、ひさしぶりに歓談を満喫（まんきつ）した。とくに二十代の者たちの仕事への意欲が感じられて、ここちよかった。

「それにしても——」

馬車にもどった公孫龍は、

「なんじの子は賢い」

と、牙苔にいった。牙参は歓談のあいだ、終始ひかえめであった。発言をうまくまわしてゆき、自説を主張しなかった。

「ひとり、みどころがある者がいた」

「たれですか」

「周からきた士玖（しきゅう）という若者だ。士玖の父は召（しょう）公の家臣であったのか」

「ちがいます。士玖の父は劉（りゅう）公に仕えていましたが、病歿したので、士玖は孤児になりました。参は友人である士玖を誘って邯鄲にきました。わたしが士玖を養育したのです」

「はは、なんじは子育ての名人だな。なんじの子と士玖が、将来のわが家を支えてくれる。

今日は、ここにきてよかった」

牙荅は公孫龍に称められても表情を明るくせず、

「名簿にあった十五人は、明年、春のうちに燕の上都に移動させればよろしいのですか」

と、問うた。

「出師があるのは、たぶん夏だ」

「大戦になりましょう。あなたさまがご無事に帰還なさることを祈っております」

「死地に踏み込むつもりはない。楽毅がどれほどの将器であるのかは、まだわかっていないが、われはかならず生還する」

いま公孫家で働いている者たちを、路頭に迷わせるわけにはいかない。

連衡（れんこう）の軍

公孫龍が三十四歳になったこの年は、燕の昭王はもとより、国民にとっても記念すべき年になろうとしていた。

晩春、郭隗に呼ばれた公孫龍は、またしても楽毅がひそかに外遊したことを告げられた。

「すでに秦王が西周において、韓王と会見した。存じているか」

「いえ、存じません」

公孫龍の胸裡にそよぐものがあった。西周とは、百年以上もまえの周王である考王が、弟を王城の地に封じたことにより、建てられた小国である。正確にいえば、この国は王国ではなく、侯国である。ちなみに、この侯国から枝れて、東の鞏の地を首都とした国を、東周という。西周とおなじ侯国であっても、この東周のほうが、国力が昌盛となったため、周とは東周を指す人がふえた。

「西周とはすなわち王城ですから、そこから秦王は東へむかい、魏王と会見すると予想されますが……」

と、公孫龍は意気込むようにいった。

「魏王と会見するのはまちがいない。が、会見の地は両国の利害になるべくかかわりないほうがよいので、東へゆくかどうか。東へゆけば、魏に近づいてしまう」

「なるほど、そうですね」

秦王と魏王がどこで会見するのかは、予想できないにせよ、秦王がこれほど熱心に諸国の王に会見を求めたことはかつてない。斉を伐つという企望がおざなりではないあかしである。ちなみに秦王は王城で韓王と会見したあと、洛水にそって西南へすすみ、韓の旧都であった宜陽において魏王と会見することになる。なおこの時点で、宜陽は秦の支配下にあるとおもわれるので、そこに招かれる魏王は、秦王からかなり低くみられていることになろう。千里、二千里と離れている国の王が会うのであるから日程にずれが生ずるのは当然であり、また会見をおこなっても両王が合意できない場合があれば、会見がくりかえされ、最後には争いが生じて、会見場が戦場に変わる。その最悪の事態にそなえて、会見にのぞむ王はすくなくとも一軍を従えてゆく。会見が順調におこなわれて、その場で軍事的盟約が成立すれば、両国の軍はそこからそろって敵国へむかうこともある。

「いまひとつ、そなたに知っておいてもらいたいことがある。斉王は秦王の動きを知らないわけではないので、楚王に友誼を求めた。楚王はそれに応えて、将軍の淖歯に一万の兵をさずけて斉へ遣った。喜んだ斉王は淖歯を宰相としたというわけだ」

「はて、昨年、楚王は秦王と会見し、秦軍に協力するかたちで、軍をだすことにしたのでははなかったのですか」

「楚王は両面外交をおこなっている、とみるべきだろう」

「そうなのですか……」

すでに楚王が斉王を扶けるかたちを示しているとなれば、秦、趙、韓、魏、燕という五国が、斉、楚という二国を相手に戦うことになるが、形勢をみて、楚は五国に加勢することもある。狡い手ではあるが、一国を保全する道はひとつではなく、ほかの国も似たような応変の手を打ったことがあるのだから、楚だけを責められない。

「さて、龍子よ、夏になれば、王は趙へむかわれて、趙王と会見なさる」

「あっ、いよいよ――」

楽毅はその会見の準備のために先行したのだ。それがわかって、公孫龍は胸を熱くした。なぜなら、その会見は、両国の友好を確認するだけでは終わらず、かならず軍事同盟が締結されるからである。さらに想像すれば、燕王が趙まで率いてゆく軍は、そのまま趙軍と連合して、南下し、秦軍など三国の軍が西方からくるのを待つのではあるまいか。

「十日以内に、王の使者がそなたのもとにくる。王はそなたを参謀のひとりに任じ、亜卿どのの左右に置きたいご意向である。ただしそなたは王の臣下ではないので、ひと工夫が必要となろう。そのひと工夫がどのようなものであるかは、われは知らない」

と、郭隗はいった。

十日以内に、ということばは重要である。それは、十日をすぎれば、燕王は軍を率いて趙へむかうということであろう。

――これは、旭放どのに会っておかねばなるまい。

郭隗邸をでて旭放家へ直行した。

奥の室に通された公孫龍は、着座するや、

「ついに――」

と、感慨を籠めていった。対座した旭放はこの来訪の意味がわかっているらしく、

「とうとう、きましたなあ」

と、深い息とともにいった。

「旭放どのの昔の身分は、わたしは知らない。しかし、当時太子であった燕王を扶けて斉兵と必死に戦い、すべてを失ったと想像しています。燕王もおなじ惨状であったでしょう。いま燕王の在位は二十八年目です。その年数は、そのまま雌伏の歳月といえます。が、まもなく燕は隆起します。あなた自身が武器を執って戦陣に臨むことはないと想い、房以に代行をたのんでおきました」

「きいております」

旭放の声がすこしふるえた。

「あなたのすべてのおもいを分与した三、四十人を、わたしにあずけていただきたい。かれらはかならず斉の地で奮闘するでしょう」

「龍子――」

旭放は涙ぐんだ。

「あなたのおかげで曜を得てから、わたしの復讎心は萎えた。燕兵が斉兵を殺せば、殺された斉兵の子は燕を怨みつづける。そういうくりかえしを産むいまの世にうんざりしはじめた。だが厭世主義では、いまの世を生きてゆけないし、戦いをやめさせることもできない。たとえ燕軍が斉軍に勝っても、斉では虐殺をおこなってもらいたくない。むずかしいことですが、亜卿さまには正義の戦いをしてもらいたい。龍子が亜卿さまの助言者であれば、そのあたりを配慮していただきたい」

「こころえています」

慝邪をばらまくような勝ちかたは、燕王の名を瀆してしまう。燕王の名を高めるような勝ちかたとは、どのようなものであるのか、それを想像するのもむずかしいが、とにかく楽毅の戦いかたを実戦の場で観てから、考えるしかない。

はたして五日後に、燕王の使者として呂飛がきた。公孫龍は礼装の容で馬車に乗り、呂飛に先導されて、外宮にはいった。

殿堂には四人の大臣が列座していた。ふたつの席が空いている。やがて昭王があらわれた。伴随したのは太子である。

——あれが太子か。

頬骨の高さが印象的な貌である。そこからは、ふくよかさがただよってこなかった。

公孫龍は拝稽首をおこなった。

王への謁見は、直接の対話というわけにはいかず、左右の大臣を介しておこなわれる。が、ここでは、昭王は直接に公孫龍に声をかけた。

「龍よ、そなたがわれと燕国のために、どれほど尽力してくれたか、われは知っている。が、その尽力にわれは十分の一も酬いてはおらぬ。心苦しいかぎりである。その補塡といってはなんであるが、われはそなたを賓客としたい。われはいままでひとりの客も養ったことはないが、そなたをただひとりの賓客とする。太子と大臣がわれの旨意をみとどけたかぎり、そなたはすべての王族に尊信される存在であり、そなたに無礼をはたらいた者は、われが赦さない」

「惶れいります」

「そこで、われの賓客として、まもなく出発する外征軍の牙旗の近くにいてもらいたい。なんじには賓客のあかしである旗をさずける。この旗をないがしろにする者は、将であっても、処罰をまぬかれない」

昭王が大臣を列座させたのは、この意思を承知させるためであろう。つまり公孫龍は燕軍の監視官に任命された。といっても公孫龍は昭王の臣下ではないので、賓客というあいまいな身分にされた。

鳥の羽で飾られた旗を授与された公孫龍は、

「亜卿さまはすでに趙に入国なさったと仄聞しております。王の閲兵は趙においてなされると推測していますので、それがしも趙へ先行することをお許しくださいますように」

と、うやうやしく述べた。

「許す」

速断した昭王は、太子と大臣を退室させると、公孫龍だけを残した。それから、おもむろに手招きをして、公孫龍を膝もとにまで近づけた。

「龍よ、何歳になるか」

ずいぶんやわらいだ口調である。

「三十四歳になりました」

「そなたが人質として周都をでたのは――」

「十八歳でした」

「その歳から、今日に至るまで、そなたはずいぶん成長し、燕の国も成長した。わが国の成長に、そなたがどれほど寄与してくれたか、われはわかっているつもりであり、そなたがいかなる報酬もうけとらぬことも、わかっている。ゆえに、そなたに授けるのは、ことばだけだ。そなたには大いなる謝意を捧げる。これがわれの真意である」

昭王は席をおりて、公孫龍にむかって頭をさげた。

おどろいた公孫龍は、跳びすさった。

「王よ、商賈にすぎないそれがしに、礼が重すぎます。どうか席におもどりください」

「はは、そなたは知るまい。われは燕という国を興すために、商賈であろうと野人であろうと、賢人であるときけば、訪ねて、教えを乞うた。その心を、いまも失っておらぬ」

「ご立派です」

「いま、ようやく、燕という国が天下の人々に知られるようになる。ここに至ったのは、無名の人々の協力と懿訓があったからで、われはつねづねそれらの人々に感謝しつづけている」

「それが王の懿徳というものです。周の文王、武王に及ぶほどの徳であるといえます」

「はは、われが文王と武王に及ぼうか。なぜなら、その両王は、武を為すことをいわないのに、諸侯が集合して、偉業を樹てることができた。われにはそれほどの徳はない」

昭王はどこまでも謙虚である。

「しかしながら、燕の国民は、王の経文緯武の政治を喜び、往時の恥辱を忘れず、みずから兵となって、王と一心同体になろうとしています。このような兵気の興りは、百年に一度のことです。燕軍の遠征は、かならず成功するでしょう」

「その嘉言、享けておく。そなたは詩にくわしかろう。われを戒める詩を遺して、行くがよい」

「戒めですか……」

公孫龍はとまどったが、ほどなく詠った。

明明として下に在り
赫赫として上に在り

天は忱とし難し
易からざるは、維れ王

下に在って明るく、上に在って赫々と輝いているのは、なんであろうか。天意であろうか。天意はどこにあるのだろうか。それを知るのはむずかしく、知ってもそれに従うのはたやすくはない、それが王というものである。

公孫龍はそういう意味を籠めただけではなく、明々として下に在り、というのは、昭王が賢人を求めてさまよった姿を尊んだ意いを仮託した。ちなみに忱は、誠と同義語で、まごころのことをいう。

公孫龍は、王が王であることのむずかしさをいい、戒めるというよりも、やはり昭王を誉めたのである。

外宮をでた公孫龍は旭放家へ直行した。旭放が不在であったので房以を呼び、

「明後日に、邯鄲へ発つ。旭放どのの心情を察すると、人数はすくなくてよい。以前、三十か四十といったが、二十人にしぼってくれ。旭放どのが、それでも多いといえば、そなたひとりでよい。戦いをみとどけてもらいたい」

と、いった。房以は笑った。

「主人に問うまでもないことです。あなたさまのお役に立つのであれば、百人でもだします。とにかく、三十人はそろえてありますので、明後日、お従します」

「それは心強い。全員、騎馬でたのむ。武器はこちらでそろえる」

房以にそういった公孫龍は、帰宅するとすぐに金貨のはいった袋をとりだして、旭五と程浜にそれを渡し、

「安平の祖谷どのの牛、豚、鶏を買ってくれ。以前、それらを燕の上都にとどけてくれるようにたのんであったが、とどけ先は邯鄲の城外になった。とどけてもらう日は、追って知らせると伝えてくれ」

と、いい、ふたりを発たせた。それから家人を集めた。そのなかにはすでに邯鄲から移ってきた十五人がふくまれている。

「いまから名を呼ぶ。呼ばれた者は、われとともに燕軍に従いて戦場を踏む。当分、帰還できないので、承知しておくように」

公孫龍は順次名を呼んで、五十人を選抜した。それが終了したとたん、遠くに坐っていた翠芊が挙手し、起立して、

「わたしもお連れください」

と、するどくいった。小さく笑声が涌くなかで、翠芊は表情を変えず、まっすぐに公孫龍をみつめた。

「そなたはいま十二歳か……。おもに刀の術を復生からおしえられている。先生が不在では、鍛練もつづけにくいか。よかろう、師についてゆけ」

公孫龍は武術場の外でも翠芊が鍛練をおこなっていることを知っている。あいかわらず、

少女ではなく少年という姿容であり、身長ものびて、十四、五歳という年齢にみえる。とにかく翠芊の体貌からは鋭気が放たれるようになった。

翠芊は路傍に棄てられた嬰児ということであったが、父母はどのような人であったのか。いや、棄てられていたのではなく、かくされて置かれていたのに、泣き声を立てたため、通りかかった永俊に発見されたのかもしれない。

翠芊の面立ちに卑しさがなく、貴門の出自ではないかとおもわせる雅麗さえある。

公孫龍の許可を得た翠芊の眉宇に明るさがひろがった。

翌々日の早朝、房以が三十人を率いて到着したので、公孫龍はすばやく発った。

——翠芊は騎馬には不馴れなはずだが。

いちど公孫龍はふりかえった。が、翠芊の馬は遅れていない。並走している狛がすぐに公孫龍の懸念を察し、軽く笑いながら、

「あの子は賢い。この日のために武術だけでなく、馬術も習っていた。馬術の師は、狟だよ」

と、告げた。

狛の下にいた三人の若者は、そろって二十代前半という年齢になり、もはや楼煩人ではない。狛も公孫龍の家人になったので、

「平民がすべて氏姓をもっているわけではないが、生まれ変わったあかしに、氏姓をつけたらどうか」

と、公孫龍は勧めたことがある。だが、狛は首を横にふって、

「わたしは狛のままでよい。だが、あの三人は、あなたの使いで他家に出入りするようにな
る。氏をもったほうがよいだろう」

と、いった。

ひとくちに氏姓というが、厳密には、氏と姓とはちがう。姓は母系の血胤をいい、氏は血縁集団をいう。公孫龍についていえば、公孫は氏であり、姓は姫である。周王の裔孫はすべて姓は姫なのであるが、封建されるとその地名を氏としたり、官職名を氏とするなど、さまざまに派生した。兄弟の順番は、長兄から末弟までを、伯、仲、叔、季、といい、それがそのまま氏になっている人も多い。

狟、豨、狽の三人を集めた公孫龍は、

「氏は、これから中華で生きてゆくうえで、道標となるものだ。道をまちがえないですすむために、自身の氏を慎重に選びなさい。ただし、山川の名を氏としないのが原則だ」

と、いいきかせ、数日後に、三人から自称の氏をきいた。

「ほう、なかなか良いではないか」

良い、というより、おもしろい、というべきであろう。三人は自分では選べないので、そろって荀珥先生のもとにゆき、氏をつけてもらったという。

狟は、馬を氏とし、豨は史を氏とし、狽は弓を氏とした。馬は馬術、弓は弓術の巧さを表しているであろう。史はふつう書記官をいうが、歴史の史でもあり、豨は事務員としての能

力が高い、と荀珥先生は観たことになる。

「馬狟」

「史狶」

「弓狽」

という三人は、はつらつと公孫龍に従っている。

八十人を率いて邯鄲に到着した公孫龍は、翌日には、楽毅の訪問をうけた。従者は数人にすぎなかったが、そのなかに永俊がいたので、翠芊がめずらしく声を放って喜笑した。

楽毅を客室に導いた公孫龍は、

「亜卿さまの目くばりのよさには、おどろかされます。わたしは昨夕、到着したばかりなのに、もうご存じとは——」

と、あえておどろいてみせた。

「はは、われが連日門のほとりに人を立たせて見張らせているとおもうか。王の側近から連絡があった。そなたは王の賓客となり、しかも監軍（目付役）に任ぜられた。われがそなたの意見をしりぞけると、王をないがしろにしたことになる。お手柔らかにたのむぞ」

公孫龍も軽く笑った。

「忌憚なく意見は申します。意見が違うのはよくあることで、お気になさらなくてよい。むしろ、意見が合致しすぎるほうが、危うい場合があります」

「そなたは用心深いな」

「戦うまえに、最悪の事態を考えるのが癖です」

公孫龍は笑いを消した。

「燕軍が惨敗する場合を想定するのか」

「いえ、燕は斉に勝つための工夫をかさねてきました。将も、兵も、兵器も、斉にまさっているはずです。斉は驕ってきましたから、燕の国力と兵力の拡充に気づかないでしょう。ゆえに、まともに戦えば、燕軍が勝ちます。問題は、そのあとです」

「というと……」

「敗者となり弱者となった斉の君臣が、何を考えるか、ということです。人は敗者や弱者となって、はじめて智慧をつかうのです。わたしが斉王の臣下であれば、どうするか。それが、自分にはねかえってくるので、怖いということです」

「なるほど、では――」

楽毅は膝をすこしまえにずらした。

「龍子が斉王の臣下であったら、どうするか」

「当然、斉軍を立ち直らせて、燕軍に勝とうとします」

「その手立ては、と問うまでもないか。外交によって敵の連合を切り崩す。さしずめ、韓と魏を脱落させる。そうであろう」

「それでも、秦と趙を燕から切り離すのはむずかしい。もともと斉の攻略を立案したのは、秦王なのです。秦王の意思を転換させなければ、その外交は成功したことにはなりません」

「ははあ、斉に申包胥がいるか」

楽毅は故事や歴史にもくわしい。春秋時代の後期に、楚は王位継承のもつれから、忠臣であった伍氏の父子を殺したが、ひとりのがれた子の伍子胥が亡命先の呉で重用され、ついに呉王を奉戴して、楚を攻めて滅亡寸前まで追い詰めた。そのとき楚王の臣下であった申包胥は、はるばる秦までゆき、祖国の窮状を秦王に訴え、秦軍をひきだすことに成功したため、楚を滅亡の淵から救いだしたのである。

「そのころの楚の驕倨ぶりは、いまの斉に似ています。ということは、申包胥に似た臣が出現すると想われるべきです」

「それは、まずいな。その者は秦王を説得するために三千里の道を駆けつづけるのか」

「わたしが申包胥に似た者であれば、そのようなことはしません。もっとたやすく燕軍に勝つ方法があるからです」

「ききたくない策だな。耳をふさいでいるから、いってくれ」

楽毅は両手を耳にあてたが、実際には耳をふさいでいない。目は笑っている。

「あなたさまを、燕軍の将帥であることを罷めさせる。いかなる手をつかっても、それさえ成せば、燕軍は一撃で崩壊します」

両手を耳から離した楽毅は、瞠目してから、哄笑した。

「龍子を敵にまわさなくてよかった。さて、このたびの斉の攻略は、かならず燕軍が先陣となる。最初に、どこを攻めるべきか、龍子よ、この牘に書いてくれ。われも書くので、みせあおう」

公孫龍にためらいはない。燕をでるまえに、燕軍がどこを侵入口とすべきかは決めていた。

「さあ、どうか」

この楽毅の声にうながされて、公孫龍は牘の文字をみせた。楽毅も牘を裏返した。

「霊丘（れいきゅう）」

ふたつの牘には、おなじ地名が書かれていた。

済西（せいせい）の戦い

最初の攻撃目標を、霊丘、と定めたのが、ふたり同時であったので、楽毅と公孫龍は上体をそらして笑った。

「快事――」

と、いいたいところであるが、すこしまえにふたりの意見が合致するのは危険である、と話しあったばかりなので、ふたりがそれを想ったということはある。

しかし、斉の国を攻めるにおいて、楽毅が局部だけの勝利を得てもひきさがらないことがわかっていれば、その突破口は霊丘しかない、と公孫龍は想っていた。

すぐに公孫龍は白布に画かれた地図をだした。

たがいに確認しあうためである。

霊丘は河水のほとりにある城で、高唐の南西に位置する。邯鄲の近くから連合軍が発するとなれば、すでに趙の支配下にある平原という邑を経由すると、やすやすと斉の国にはいることができる。ただし、その南にある高唐にはかなりの兵がいて、連合軍をおびやかしかねない。だが、高唐の南西の霊丘を攻めても、高唐の兵は出撃できない。なぜなら高唐の北に平原があり、牽制されるからである。

しかも趙の首都の邯鄲から斉の首都の臨淄まで、地図上に直線を引くと、その線上に霊丘がある。すなわち、霊丘を抜くと、臨淄まで直行できるのである。

「斉は二、三十万の兵を徴集できますが……」

霊丘が攻められたと知った斉の君臣が、斉軍をどのように動かすか、それについては、公孫龍の予想はあいまいである。

だが、楽毅に迷いはなさそうである。

「五国が二万ずつ兵をだせば、十万となる。斉の君臣がそれを知れば、あわてて集めた五万未満の兵を、救援のために霊丘にむかわせるはずがない。霊丘が陥落するまでに、五国の軍に等しいか、それ以上の兵を集めて、済水のほとりに決戦の陣を布くであろう」

「なるほど、それが第一段階ですね」

公孫龍は楽毅の脳裡にある想定図を想像で追うように、うなずいてみせた。

「両軍の将は、どちらも負けるつもりはないが、五国の軍についていえば、わが燕軍が先陣で霊丘を攻め、さらにその決戦地でも先鋒となる。第二陣に秦軍と趙軍がいて、魏軍と韓軍は後軍になってもらう。斉軍も似たような陣立てをするだろうが、もしもその陣が崩れたら、と考えれば、首都の防衛のために、首都から遠くないところに十万以上の兵力で、陣を構えるだろう」

「第二段階がそれですか」

「それも破られれば、臨淄での攻防戦となる。宰相の淖歯は一万の兵をもっているが、その兵を斉王のために使うかは、疑問だ。斉王は自身を守るための兵を集めなければならないが、おそらく五万も集まるまい。そこまで燕軍が迫れば、臨淄での抵抗は弱いとみている」

「ははあ、それが第三段階ですね」

楽毅が燕軍を率いて臨淄まで、一瀉千里の勢いで突きすすんでゆくことを、公孫龍は予想しているが、他国の王と将帥は、斉王を懲らしめる程度の戦果を得ればよし、とおもっているであろう。

だが燕の昭王にとってこの戦いは、生涯を賭しての大勝負であり、自身の魂魄を楽毅に託したかぎり、小利を得たくらいで軍が引き返してきたら、失望の淵に王座とともに沈むであろう。それがわかっている公孫龍は、

「この戦略の山は、第二段階ですか」

と、いってみた。

「首都と斉王を護るための必死の陣だ。たやすくは破れないが、燕はいかなる強敵にも勝つために、長い準備をしてきた。それでも負ければ、われは死なねばならぬ。そなたはわれの遺骸を燕王のもとに運んだあと、霊寿に葬ってくれ」

霊寿はもとの中山国の首都である。

——楽毅どのの父祖の墓が霊寿にあるのか。

と、公孫龍はおもいながら、

「うけたまわりました」

と、冷静に答えた。

半月後、燕の昭王が軍を率いて邯鄲に到着した。

城外まで出て、昭王を迎えた趙の恵文王は、すぐに郊外に壇を築かせ、五日後にそこで会盟をおこなった。その時点では、すでに趙軍が郊外で駐屯し、燕軍とともに三国の軍の到着を待った。

魏軍があらわれてから五日も経たないうちに秦軍と韓軍が到った。

五国の軍の集合は、壮観というしかない。趙と秦の旗幟は黒色が基調であるが、燕、魏、韓は赤色を多用する。何千という旒旗が風にたなびくさまは、美しいというより幻想的である。

五国の将帥と昭王それに恵文王が加わって軍議がひらかれた。肝心な議題は斉への攻略路を定めることのほかに、将帥を率いる将帥、すなわち上将軍を決定することである。

秦軍を率いてきた斯離は、

「当然、上将軍はわれであろう」

と、いわんばかりにふんぞりかえっていた。だが恵文王は、

「さきの秦王との会見で、上将軍の決定は、わたしに一任された。わたしは燕王の意望を料って、燕の亜卿である楽毅を上将軍としたい」

と、いった。とたんに斯離は顔色を変え、唇をとがらせた。すかさず恵文王は、

「この決定に異をとなえる者は、秦王の意思にさからったとみなし、鉄鋸をもって断頭する。死をもってわたしと秦王を諫めたい者は、異論を述べるがよい」

と、斯離をみつめながらいった。

斯離の顔色が赤から青に変わった。楽毅をのぞく諸将は忌憚したように、まなざしをさげた。たれも発言しない。それを瞥観した恵文王は、昭王に目くばせをして、

「では、楽毅を上将軍とする。ここからの軍議の内容は極秘とするように。軍の上層にいる者でも、斉に通じている場合がある。軍略が決定したあとは、それぞれの胸裡に斂めて、他言はぜったいに無用である」

と、厳然といった。

二十七歳になっている恵文王は、いつのまにか威厳をそなえるようになった。もともと皎潔といってよい精神をもって育ったにもかかわらず、沙丘の乱という暗い盤屈を経なければならなくなり、精神に深い傷を負った。その傷が癒えるのに十年かかったということである。その歳月のなかにあった葛藤がどのようなものであったかは、恵文王の近くにいない者でも推察できるにせよ、恵文王自身がどのように精神を自立させたかは、たれにもわからない。心理の葛藤を解いたわけではなく、

——人は悩み苦しみつづけるものだ。

というさとりかたもある。とにかく恵文王が過去の冥晦から脱したことはたしかで、表情

と発言に心の強さがあらわれるようになった。

　軍議がおこなわれているあいだに、公孫龍は祖谷の配下によってとどけられた牛と豚と鶏を、燕の輜重隊へ贈った。その数は牛千頭、豚三千匹、鶏三千羽である。

「たいした数ではありません」

　燕軍の本陣のなかで、公孫龍はその饋給を謙遜した。談笑の相手は仙英、司馬梁などなつかしい顔がならんでいる。仙英は千人長から昇進してすでに将軍であり、司馬梁ももとは中山の将であったことから、将軍のひとりになっている。つまりふたりは楽毅の両翼となって燕軍を推進させることになる。

　公孫龍のうしろにひかえている従者のなかに美少年をみつけた仙英は、顎をしゃくって、

「龍子にはそういう嗜好がありましたか」

　と、笑いながらいった。公孫龍はすぐに察して、

「わたしは男色も好みませんよ。うしろにいるのは、永俊どのの女で翠芊といいます。武術にはげんでおり、仙英どのと立ち合っても、ひけはとりません。おためしになりますか」

　と、いった。

「こりゃ、おどろいた。龍子がそれほどいうかぎり、なまくらな腕ではなさそうだ。出陣まえに恥をかくと、せっかく選んだ吉日がけがれる。やめておく」

　仙英がおどけた口調でいったので、みなは笑った。そこに楽毅が数人の従者とともに帰ってきた。本陣から笑声が消え、ただちに軍議となった。やがて所轄分掌が定められた。五国

の軍のなかで燕軍が先陣であり、その先鋒を仙英がまかされた。

それを栄誉と感じた仙英は、公孫龍にむかって、

「鍛えに鍛えてきた兵です。かれらの実力がどれほどであるか、おみせしたい」

と、昂奮ぎみにいった。

翌朝、昭王と恵文王に見送られて、燕軍が出発した。

これが、後世に語り継がれるほどの大戦の端緒であり、上将軍となった楽毅は、はるかのちに漢王朝を創立する劉邦に、また『三国志』のなかでもっとも人気の高い諸葛亮（孔明）にも、あこがれの存在となるのである。自分の復讎ではなく、他人のための仇討ちを、国家規模で、いや天下規模でおこなおうとしている楽毅が、空前絶後の傑人であることはまちがいないであろう。

燕軍にとってさいわいなことに、最初の攻略目標である霊丘の城は、河水を渡らないで攻められる位置にある。つまり城の南に河水があるので、そこに燕兵を配せないし、配す必要もない。なぜなら城を包囲しての攻撃は、一方を空けておくのが兵法の定理だからである。

城を遠望できる位置まで進出した燕軍の本営にあって、公孫龍は、偵騎の報告をきくや、

「城は、短日月で陥落する」

と、断言した。

その城は河水の水を引き入れるべく、三方に濠を環らせてはいるが、夏の渇水の時期なので、水位が極端に低い。大型兵器を城壁に接するところまで近づけるために、どうしても梁

を架けなければならないが、その作業がしやすいということである。

斉の将兵は、燕の機甲部隊がどれほどすさまじい威力を発揮するのかを、まだ知らない。燕は製鉄の先進国になっているのである。

霊丘の城を睨んだ楽毅は、門楼のある正門を攻撃するために主力の兵を集合させ、ほかの二方には少ない兵を配した。

「かれらは見張りをしているだけでよい」

それだけではなく、楽毅は営所を念入りには造らせなかった。城兵が撃ってでることはなく、援兵もこない、とみたからで、自軍の兵のむだな作業をはぶいたといえる。ただし正門から遠くないところには巨大な営塁を築かせた。そこに多くの工作兵をいれ、急造の兵舎に楽毅自身もはいった。公孫龍と配下もおなじ営塁のなかに幔帷をめぐらせて起臥した。しかしこの営塁は城兵の弩から放たれた矢がとどく。営塁内での往来であっても用心しなければならない。

五日後の夜間に工作兵は濠にはいった。

翌朝にはひとつではなく三つの梁が架かり、工作兵がしりぞくと衝車が前進を開始した。衝車は城門を破るための大型兵器であり、鉄板がはられた巨きな箱を昇降させる機能をそなえている。その箱のなかに数人の兵がならび、箱が城壁とおなじか、それ以上の高さになると矢を放って敵兵を斃す。

しかしながら正門の門楼には屋根があり、たとえ屋根より高い位置から矢を放っても、屋根がじゃまで内の敵兵に矢がとどかない。その門楼を崩さないかぎり、正門を突破できないことがわかっているので、楽毅は公孫龍の助言を得て、大型の弩を開発したのである。

三台の衝車が正門に接近したとみた楽毅は、旒を樹（た）てさせ、太鼓を打った。

城兵の放つ矢が三台の衝車に蝟集（いしゅう）した。が、衝車は鉄で武装しているようなもので、数千の矢を浴びても、こわれることはない。

営塁の中央に櫓（やぐら）を建てさせ、その上から指麾（しき）をしている楽毅を瞻（み）た公孫龍は、

――あれでは城兵に狙い撃ちをされる。

と、心配し、いそいで大きな帳（ちょう）を作らせて、櫓の上にあげた。楽毅は笑い、

「ここはまるで帳台（ちょうだい）のようになった。優雅なことよ」

と、冗談めいたことを公孫龍にいった。帳台は、室内の床より一段高い台座のまわりに幕をたらした座所をいう。

やがて三台の衝車から、巨大な矢が発射された。その矢は、矢柄（やがら）までが鉄製で、しかも先端には戟（げき）とおなじように鉤（かぎ）形の刃がついている。その巨大な矢は、近くでみれば、杭（くい）といったほうがよい。

それらは飛ぶというよりも落下して、門楼の屋根を破った。

「それっ、引けや」

三つの矢にはそれぞれ綱が接続されており、衝車の下で待機していた三組の兵百人余が、いっせいに綱を引きはじめた。

ほどなく屋根がめくれた。

とたんに衝車のなかの小型の弩から、門楼のなかでうろたえる兵にむかって、十数本の矢が放たれた。

屋根が崩れ落ちた。

先鋒の兵を指麾している仙英は、

「さあ、城壁を登るぞ」

と、号令し、中型の弩の発射を命じた。この弩から放たれる矢も尋常な大きさではない。戟そのものが飛んで城壁につき刺さると想えばよい。そういう矢が五百ほど発射された。この間に、衝車はさらに前進して、城壁の上の兵を掃射しはじめた。城兵はななめ上から狙われるかたちなので、楯をあげて防がなければならず、それでは矢を放つことができない。

城壁の下にそなえられた弩も、独特な大きさをもち、数人がかりで発射する。その開発にも数年を要した。城壁登攀用の兵器である。発射される矢には太い紐が付けられており、その紐をつかんだ燕兵がいっせいに城壁をのぼりはじめた。のぼりやすい紐の工夫は、公孫龍と旭放がおこなったことは、いうまでもない。

上からの飛矢がほとんどないので、最初の五百人は城壁をのぼりきって、楯で身を護っているだけの斉兵を突き落とした。かれらは集団となって門へむかった。仙英が鍛えあげた兵こそかれらであり、旋風のごとき速さで斉兵を斃して、門を守る数百人のなかに斬り込んだ。激闘となったのは最初だけで、半時後には、燕兵がかれらを圧倒した。仙英配下の精兵と互角に闘えるのは、公孫龍の配下しかいないであろう。

この戦闘が終わるまでに、紐をつかんで城壁を越えた燕兵は千五百ほどいて、かれらは城内の兵を痛烈に駆逐しはじめた。

包囲された城の東西南北の四門には五百人以上の兵が配置されている。燕将である楽毅がそのなかのひとつの門しか攻めないとわかっても、ほかの門を衛る兵はそこから引き揚げて、攻撃されている門へ、援助のために駆けつけるわけにはいかない。この霊丘の城には三千余の兵がいるだけで、城の防備も厚いとはいえなかった。高唐の城のほうが、防衛の点で、重要視されていた。

門がひらかれた。それをみた仙英は、すかさず、

「突入せよ」

と、号令した。燕兵は喊声とともに正門に殺到した。直後に、城兵は潰走した。

「おう、おう、先鋒の兵が城の口に吸いこまれてゆくわ」

櫓上に笑声を残した楽毅はすみやかに地におりて、本営をすすめた。

城兵は燕兵のいない南門から河上にでて逃げ去った。

佐将である司馬梁が、城内に残っている斉兵がいないか、倉庫にどれほど武器が残っているか、困廩にある米はどうか、などを調べさせた。

報告をうけた楽毅は、

「それらに手をつけてはならぬ。後続の他国の軍への贈り物とする」

と、命じ、使者を立てた。燕王と趙王それに四国の将帥へ、霊丘城の陥落を報せた。この報せは、四国の軍の前進をうながすものでもある。

やがて趙軍と秦軍が動いたと知った楽毅は、燕兵のすべてを渡河させた。水の近くに軍をとどめてはならない、というのが兵法の常識である。楽毅は河水から離れるように、軍を東進させ、翌日、停止させた。

「やはり、高唐から兵は出撃しませんでしたね」

公孫龍は渡河の直後を警戒していた。渡河のさなか、あるいは渡河の直後に、敵兵に襲われると、被害が甚大となる。

「高唐に良将がいないあかしだ。城を守るのがせいいっぱいなのであろう」

楽毅は予想通りだという顔をした。

五日後に、秦軍と趙軍が霊丘に到着した。それが二陣であり、三陣の韓軍と魏軍が霊丘を経て渡河するのは、さらに五日あとになろう。

十万を超える大軍の移動は遅鈍である。まして五国の軍がそれぞれの将帥の指麾のもとで動くのであるから、自分の手足を動かすようにはいかない。

「これでも早いほうだろう」

楽毅は苦笑してみせた。

「ただし、こちらは、いそぐ必要はない」

「なぜですか」

公孫龍には、楽毅がすでに画いているであろう戦略構図の細部まではわからない。

「いそげば、不利になる」

楽毅はそういっただけであり、実際、軍のすすめかたは緩慢であった。当然、後続の軍との距離が縮(ちぢ)まってきた。

——それが狙いか。

と、公孫龍はおもわぬでもなかったが、どうも楽毅の意図(いと)を射貫(いぬ)いたおもいがしない。そのうち燕軍はふたたび停止してしまった。すぐに秦将の斯離から、

「なぜすすまぬ」

と、問う使者がきた。

「このあたりで、敵軍のでかたをうかがいましょう」

それが楽毅の返答であった。

燕軍が停止してしまったので、霊丘をすぎて渡河を完了した韓と魏の軍は、河水からさほど遠ざかることができない。水を背にすることは、

「背水(はいすい)の陣」

と、いい、布陣としては最悪である。

そのまま数日がすぎた。

楽毅と仙英はそれぞれ偵騎を放っており、それらが急遽(きゅうきょ)、馳(は)せもどってきた。

「斉軍が済水を越えて西進しています。兵力は十万余です。将帥は向子(しょうし)のようです」

報告をうけた楽毅はすばやく後続の将にそれを伝え、前進を再開した。この進止の機微をさぐりあててこそ、大軍を勝利にみちびく参謀といえようが、公孫龍はおのれの理解力と想像力に不足をおぼえ、

——とても参謀にはなれない。

と、自嘲した。

楽毅は最初から川を意識していた。往時の多くの大戦が、川をはさんだものであり、川を両軍が渡らなければ、長期戦となる。楽毅が直面する川はふたつあり、河水と済水である。河水を渡った燕軍が急速にすすめば、済水をあいだにして斉軍と対峙することになってしまう。すると長期戦になるが、それを嫌って川を渡渉すれば、そこを敵軍にたたかれて敗色が濃厚になる。ゆえに楽毅は斉軍に済水を越えるように誘惑した。五国の軍が河水を背にしてとどまっているようにみせれば、斉将はかならず五国の軍を河水に突き落としにくる。それをみこして楽毅は急速に燕軍を前進させた。その燕軍の速さによって、済水を渡った斉の大軍は、済水を背に戦うことになった。

——幻術のような戦略だ。

斉軍の先鋒の陣を遠望できるところまで燕軍が進出したところで、公孫龍は楽毅の戦略構図に気づき、感嘆した。

帷幄のなかで悠然としている楽毅は、公孫龍にむかって、

「五国の軍が連合しているといっても、先鋒のわが軍が優勢であれば、うしろの軍はすすむ

ものの、劣勢であれば、後退する。わが軍が危うくても、どこの国の軍も援助にこない。つまりこの戦いは燕軍と斉軍の戦いであり、わが軍は勝ちつづけなければならない」

と、厳然といった。

「なるほど、二万数千の燕軍は十万余の斉軍に、どうしても勝たなくてはならない」

「一人が四人を相手に闘う勘定になる。ふつうなら、負ける。が、武器の精巧さでわが軍はうわまわっており、騎兵の勁さは趙の騎兵さえしのぐ。われは本陣を先鋒に近づけるので、龍子よ、戦闘が必至であるとおもってもらいたい」

「こころえました。あなたさまを戦死させるわけにはいかない」

二日後に、趙軍と秦軍が到着した。すぐに楽毅は秦軍を右に、趙軍を左に配した。三国の軍がそろったところで、斉軍が動いた。巨大な壁が迫ってくるようである。

——いよいよ決戦か。

馬上の公孫龍はおのれの心が無になりつつあると感じた。

臨淄（りんし）制圧

済水は河水ほど大きな川ではないが、古来、水運を発達させた川である。

その川の西を、済西、といい、そこが主戦場となった。

起伏のとぼしい地で、大軍を展開させるにふさわしく、斉軍十万余、燕、秦、趙の軍は合わせて七万余、という兵力であり、五国連合軍のうち韓軍と魏軍は、一日遅れで後方にいたため、戦闘に参加できなかった。

むろん連合軍の上将軍となった楽毅は韓軍と魏軍の兵力を最初から勘定にいれていない。というより、燕軍単独で斉の大半を破るつもりでいる。

――斉軍の本陣を突き崩せば、勝ちだ。

この考えのもとに、燕軍を、翼をすぼめた陣形にして、直進させることにした。先鋒は仙英の隊であるが、矢の応酬がはじまると燕軍の弩が威力を発揮した。矢の飛ぶ距離と的中率で斉軍にはるかにまさった。すでにこの時点で、斉軍にとまどいが生じていた。

――敵の本陣が突出している。

そういう戦いかたは、ありえない。兵術をまったく知らない者が将帥になったのであれば、そういう愚かな陣形をつくるかもしれないが、連合軍の上将軍が戦法に無知であるはずがない。

斉の将帥である向子は、報告をうけるや、

「右翼の兵を、敵の本陣潰しにむけよ」

と、号令した。左右に大きく翼をひろげたかたちの陣形が、そのためにゆがんだ。右の翼は戦闘の主力であり、騎兵集団がその核となっている。しかし騎兵といえば、趙軍は主父（武霊王）の時代に胡服騎射が制度としてあり、独自な発達を遂げた。ところが、当時、闇の国といってよい燕は国境を侵す北方の騎馬民族と戦いをくりかえしており、騎兵の勁さは趙兵をしのぐほどになっていた。さらにいえば、敵陣に突撃して圧倒する騎兵は、のちに突騎とよばれ、天下最強の騎兵と認められるようになる。

その突騎を率いた仙英が、ぐいぐいと敵陣に穴をあけて突き進んでいる。斉の騎兵が大集団となって襲ったのは、楽毅がいる本陣である。その左側面に八千余の斉の騎兵が殺到した。

本陣は移動している。

この移動に同調しつつ左側面を衛っていたのが司馬梁の隊である。司馬梁の下にいる兵の半分は、旧の中山人である。

急速に迫ってくる斉の騎兵をながめた司馬梁は、小型の弩を千ずつ二段に配した。斉の騎兵は騎射をせず、矛戟をたずさえて突進してくる。

「充分にひきつけて、発射せよ」

司馬梁は沈着であった。敵の騎兵の顔がはっきりみえるまで発射をひかえさせた。

「放て――」

千本の矢が飛んだ。すぐにうしろの兵がまえにでて、弩をかまえ、発射した。それがくりかえされた。斉の騎兵はまたたくまに馬上から消えた。

本陣の右側面に公孫龍（こうそんりょう）はいた。

敵陣の左翼を秦軍が猛烈に攻撃しはじめたので、公孫龍の目にしばらく斉兵は映（うつ）らなかった。だが、秦軍と燕の本陣との隙間（すきま）を縫うように斉の一隊が急撃してきた。

「きたぞ――」

公孫龍は狛（はく）と房以（ぼうい）に声をかけた。

すでに狛は大弓をかまえ、矢をつがえていた。先頭の騎兵はまだ遠い。しかし狛は矢を放った。その兵と馬が横倒しになるのがみえた。

狛はつぎつぎに矢を放った。

それをみた房以が、

「狛どのひとりで、かたづくのでは――」

と、微笑を哺（ふく）んでいった。たしかに斉の騎兵は狛の弓から放たれた矢をうけて斃（たお）れつづけている。

「敵兵は、狛の矢の数より多いということよ」

公孫龍はおもむろに騎乗した。房以も配下の三十人に指図を与えるべく、馬に乗った。

「ゆくぞ——」

公孫龍は配下の騎兵集団を動かした。この五十人はすべて騎射ができるが、とくに馬狟と弓狙は達人といってよく、二人の連射は殊技といってよい。

敵兵に接触するまえに、二十数騎を倒した。

斉の騎兵は倒れても倒れても、うしろから湧くようで、数が減ったようにはみえない。矢が尽きれば、矛戟をつかっての戦いとなる。そういう戦いになれば、碏立の独擅場である。かれの矛にかかれば、敵兵は馬さえ飛ばされる。さすがに敵兵は碏立に近寄らなくなった。

馬上で戦況を見守っていた公孫龍は、敵の数騎が本陣のほうへ猛進してゆくのをみた。近くに翠芊がいたので、

「本陣のようすをみてくるのだ」

と、いいつけた。

「はい——」

翠芊は馬首をめぐらせて、本陣へむかった。上将軍の楽毅は馬に乗らず兵車に乗って指麾をおこなっている。その兵車が前進をつづけているので、本陣も移動している。そこへ斉の数騎が突っ込んだ。

楽毅の兵車を掩護している騎兵の大半も旧の中山兵で、しかも楽毅直属であった兵がすくなくない。永俊のように中原出身の兵はすくない。だが、永俊をふくめて三人が楽毅の護衛

兵をまとめ、指示を与えている。

斉の数騎に突入されたとき、永俊はみずから矛をふるった。その矛の術は永家につたわる秘技といってよく、矛は頭上にかかげられ、矛先がゆらぎながら相手の首におりてゆく。緩慢な動きにみえながら、相手はその矛先をかわしきれない。

砂煙を衝いて本陣まで疾走した翠芊は、遠目ではあったが、父の妙技を目撃して感動した。いや、感動しただけではない。

――父の矛先は、虚と実をほとんど同時にみせている。

ゆえに相手は、とまどい、かわせない。そうみた。

翠芊は師の復生から、剣でも矛でも、虚と実とがあり、相手に虚を撃たせて、こちらは実で撃つ。実戦では、そうしないと、勝ったという形はできても、死ぬのは自分ということになる、とくどいほど教えられた。

重い長柄の刀を軽々とふれるようになったあと、

「石を砕くほど撃ちこめ」

と、いわれ、実際、石や岩を打って砕けるようになった。あとは馬術で、それを馬狙から学んだ。この時代、鐙はないが、両脚を鍛えて馬上で起居できるようになり、むろん騎射はたやすくなった。

翠芊は本陣を襲った斉の騎兵がことごとく斃されたのを確認したので、父に声をかけることなく、報告にもどろうとした。そのとき、

「孺子、どけっ」

という大声とともに、斉の一騎が馳走してきた。大男であり、もっている戟も長い。が、翠芊は恐れなかった。その騎兵にむかって馬を走らせた。

破裂音がした。

斉の騎兵の戟が砕け、直後に騎兵は突き落とされた。が、翠芊はふりかえりもせず、公孫龍のもとにもどると、

「斉兵は一掃されました。本陣はぶじです」

と、告げた。この時点で公孫龍配下の小集団は、およそ五百の斉の騎兵を潰滅させていた。

燕軍におくれをとりたくない秦将の斯離は、太鼓を打ちつづけ、励声を放ちつづけて、秦軍を猛進させた。なるほど秦軍は勁強である。とくに歩兵の強さは天下無敵といってよい。軍の最小単位である伍（五人組）は伍長を中心に一心同体であり、その五人が助けあいながら敵兵を倒してゆく。そういう連携は、他国の兵はゆるい。が、秦兵は伍のひとりでも戦死すれば、残りの四人は敵兵の首を獲らないかぎり、死刑に処せられるのである。ゆえに必死さがちがう。

趙軍は、ずいぶん遅れて戦闘に参加した。自軍にむかってくるはずの斉の右翼が、方向をかえて、燕軍にむかったので、前方に敵がいなくなった。趙将はそれを看て、

——これは、なにかの策ではないか。

と、怪しみ、軍を停止させた。やがて主戦場が東へ東へと移動し、かけはなれてゆくこと

に気づき、

「すすめ――」

と、命じて、軍を急進させた。

この遅参した趙軍が主戦場に着いたとき、斉の右翼の兵は攻めあぐね、疲れをみせていた。いわば斉兵は休息を欲して、趙軍に背をみせるかたちで停滞していた。趙将がそれに気づかぬはずはなく、

「敵陣はすでに老いている。敵兵を押して押して、済水にたたきこめ」

と、騎兵を突進させた。数千の騎兵はすべて騎射ができる。この襲撃によって斉兵は矢の雨にさらされ、逃げまどった。趙軍の参戦によって、斉の右翼の陣は挟撃されるかたちとなり、ほどなく崩壊した。

ほとんど同時に、燕軍の先鋒は斉軍の本営を突き崩した。

斉軍の将帥である向子の姿が本営から消えて、ゆくえがわからなくなった。斉軍の左翼の陣も、秦軍に押されつづけ、いちども反攻することなく後退した。

「追撃せよ――」

楽毅は背走する斉兵を苛烈に追わせた。この追走の速さは異様というべきで、

――敵陣の崩れに乗じて、燕軍を渡渉させる気だ。

と、公孫龍は楽毅の意中をはかった。

いまや斉軍は崩れに崩れ、敗走する兵は追撃をまぬかれたい一心で済水を渡っており、対

岸までのがれた兵がむきなおって燕兵の渡渉をさまたげるはずがない。

「追撃などはどうでもよい、早く済水を渡ってしまうことだ」

これが楽毅の心中の声であろう。

仙英の先鋒が船を集めて、渡渉を開始した。この時点で、燕軍は秦軍と趙軍より半日以上先行した。

済水の西岸に秦将の斯離が到着したとき、渡渉を終えた燕軍の影さえ対岸になかった。

「深追いしすぎだ」

と、にがにがしくいった斯離は、秦軍を停止させたまま趙軍を待った。

――これから、どうするか。

それについて趙将と相談しなければならない。

やがて趙将を迎えた斯離は、

「上将軍の追撃命令に従ってわれらはここまできたが、この済水を渡って東進することだけが追撃ではない。逃げ散った斉兵は南北にもいる。われらはそれを追撃しよう」

と、いい、趙将の同意を得た。十万余の斉軍を大破した勢いで、軍を北上させて、高唐の城を落としてしまいたい。それが趙将の意望であるとすれば、斯離は軍を南下させて、済水に臨む邑をおさえてしまいたい。遅れてやってきた魏将は、斉に併呑された旧宋国の地を攻略することにした。韓軍だけは、獲るものがなく、引き揚げた。

すなわち五国の連合軍は、済水の西まではなんとかまとまっていたが、その戦場で大勝を得ると、それぞれの利を求めたがゆえに分離した。臨淄にむかって直進したのは、燕軍だけである。

――いまひとつ、巨大な壁があろう。

燕軍のゆくてをさえぎる斉の大軍が出現するにちがいない。そう想っているのは公孫龍だけではない。ここまでくると、兵の大半が楽毅の壮図を察し、燕にとって歴史的大戦となる、この戦いの意義を全身で感じた。

燕軍の進撃は急である。

あわてた斉の湣王が徴兵を命じ、三、四万の兵を将軍の達子に督率させたとき、燕軍は臨淄に近づきつつあった。

斉軍は臨淄の西にでて、秦周という地に迎撃の陣を布いた。が、燕軍の前途に出現したこの防禦壁は、堅牢ではなかった。

斉軍を烏合の衆とはいわないまでも、統率のとれていない大集団であるとみた楽毅は、斉将の意思通りに陣が開閉しないとみきわめた。

「わが軍は、敵陣を突破するだけでよい」

公孫龍にそういった楽毅は、燕軍を魚鱗の陣形にして、急速に前進させた。これは翼を拡げる陣形ではないので、前後左右から攻撃されると想定しておいたほうがよい。

――戦いかたは、済西の戦いとおなじだが……。

ただしここでは、右に秦軍、左に趙軍はいない。燕軍は単独で斉軍と戦うのである。だがあらためて考えてみるまでもなく、こういう戦いこそ、燕の昭王が望んできたことであろう。公孫龍は気をひきしめた。

仙英の先陣が斉の先陣に衝突した。

両軍の兵の戦意がちがいすぎた。燕兵の勢いは神憑りといってよく、ぶつかった時点で斉兵を圧倒した。燕兵ひとりひとりが、昭王のくやしさと忍耐の歳月の長さがわかっている。斉軍に大穴があいた。燕軍はそこだけを直押しに押しつづけた。二陣の将が司馬梁だが、かれも自陣を堅牢に作って、斉兵の攻撃をやすやすとしりぞけた。そのうしろの本陣に、斉兵は襲いかかってこなかった。燕軍のあまりの勁さに、斉兵は呆然として、見守るしかなかった。

早朝からはじまった戦闘であるが、昼すぎに、斉軍は中核をうち砕かれて、四分五裂した。壁は巨大でも脆かった。

「よし、つぎは臨淄ぞ」

ここでも楽毅は逃げ去る斉兵には目もくれず、前途のみを看ている。秦周から臨淄までは二十里もない。一日の行軍距離が三十里以上であるといわれているこの時代にあって、二十里以下の距離は、半日の行程である。

燕軍は天を翳らすほどの砂塵を昇らせて猛進した。

——もはや斉には、余力の兵はない。

つまり臨淄を防衛するための陣は、城外にはない、と楽毅はみた。はたして燕軍は、敵兵にさまたげられることなく、夕方までに臨淄に近づいた。

本陣に諸将を集めた楽毅は、

「ついにわれらはここまできた。いちおう営塁を築いてから攻撃にかかるが、推測としては斉王を護る兵は、五千、城を衛る兵は一万もいない。淖歯(どうし)が楚(そ)兵を率いて斉王を擁護(ようご)しているようだが、その兵がわれらを急襲してくるとはおもわれない。たとえ斉王をみつけても殺してはならない。捕らえて燕へ送るか、燕王の処断を待つ。よいな」

と、いった。

五日後に、攻撃を開始した。

この五日という日数は、じつは、斉王とその家族が城外へのがれるための時間となった。斉王は衛(えい)という小国へ奔(はし)ったのである。その脱出について、楽毅はあとで知ったが、意に介さなかった。斉王を殺すことが、燕王の復讎(ふくしゅう)の主眼ではない、と楽毅は判断している。ここでも、霊丘(れいきゅう)の城を攻めたときとおなじように、多くの門に兵をむけるということをしなかった。

――逃げたい兵がいれば、逃げればよい。

敵兵にむけてそう呼びかけるような楽毅の攻めかたである。

臨淄は斉王が不在の城となった。おのずと防衛力が弱い。

それでも臨淄は巨大な城である。西門を破って燕兵が城内にはいるまでに十日を要した。城門を制した燕兵が門扉(もんぴ)をひらいたとき、燕軍の本営では、大歓声があがった。

燕の昭王が耐えに耐え、忍びに忍んできた、その苦労が、むくわれた瞬間である。

二時後に、公孫龍は楽毅に従って、王宮のなかにはいった。すでに仙英が楽毅の意向を承けて、宝庫をおさえていた。なかを検分した楽毅は、

「これらの宝器は、すべて燕王のもとへ送れ」

と、左右の兵に命じた。さらに検分をすすめた楽毅は、

「このような驕侈の建物は、人を誤らせる」

と、いい、翌日には荒々しく火をかけさせた。

斉王の宮殿が炎上した。

これは斉の首都の陥落を国内に知らせるもっとも有効な手段であり、燕軍の凱歌を炎で表現したといってよい。

城外にでた公孫龍は、その煙炎をながめながら、申容を呼び、

「牙荅と伊枋、それに旭放どのに報せてくれ」

と、いいつけた。

臨淄を落とすなどということは、前代未聞の偉業にはちがいないが、楽毅にとっては、むしろこれからのほうがむずかしい。いきなり首都を奪っても、占領後の行政があり、さらに国内には多くの城が残っている。それらをひとつひとつ潰していくのに、何年かかるだろうか。

「さて、つぎは安平かな」

と、いった楽毅は、臨淄に近い邑である安平に兵をむけた。なお趙にも安平という邑があるが、この安平は斉の一邑である。

安平を攻略すると、軍を引き返させるかたちで、臨淄の西にある昌国（昌城）を攻めて、降した。楽毅は臨淄に近い邑から徐々に攻略した、ということである。

捷報とともに斉の王室の宝器をうけとった昭王は、さっそくこの勝利を宗廟に告げたあと、群臣にも知らせて喜びあった。ほどなく燕の吏民が歓喜の声を揚げ、昭王を賀った。小国が超大国に克ったという奇蹟を実現した王として、国民が昭王を称賛したのである。こういう祝賀のふんいきに酔った昭王であるが、

「称賛されるべきは、楽毅である」

と、いい、五千ほどの兵を率いて南下し、斉へむかった。報せをうけた楽毅は、諸将とともに昭王を迎えるべく、済水のほとりへ行った。

そこでの復命の儀式は、歴史的な景観といってよく、昭王は楽毅の功績をたたえて、昌国に封じた。昌国は国名ではなく、邑名である。

楽毅に従った諸将も、昭王から褒詞をさずけられたが、公孫龍はここで任務を解いてもらった。往復した申容が、杜芳が亡くなったという訃報をたずさえてもどってきたので、公孫龍は墓参のために邯鄲へゆくことにした。まっすぐに燕の上都に帰る房以とは、済水のほとりで別れることになった。

「房以よ、なんじの配下からも、われの配下からも、戦死者はでなかった。たがいに称めあ

うとするか」

そういいながら、公孫龍は、

――われの下では、戦死者はひとりだ。

と、杜芳の死を想った。かれは病牀にあったとはいえ、公孫龍とともに戦ってくれたような気がしてならない。

かつてこれほどの大戦を経験したことがない房以は、軍をはなれ、戦地をあとにするとあって、感慨もひとしおなのであろう、喜びよりも虚脱感をおぼえはじめたようで、

「こうして川のながれをみていますと、五国の軍が連合したことも、燕軍が斉軍に勝ったことも、夢のなかのできごとのようにおもわれます」

と、いった。

「願いが成就したあとでは、ここまできた燕の君臣の努力と国民の苦労は、なんであったのか、とふりかえっても、うまくいえない。ただし燕王が郭隗先生を優遇したところから、努力が開始されたことはわかる」

「それだけですか」

房以は公孫龍をみつめた。

「それだけさ。あとで旭放どのにお目にかかる」

馬首を西へむけた公孫龍は、手を挙げて、配下に出発を告げた。

河水の下流には二筋のながれがあり、西側の河水を越えると、邯鄲が近くなる。支流であ

る牛首水にそって西進すると聚落があった。この聚落をすぎると、幽かに邯鄲がみえるようになる。

前途に男が立っている。馬を駐めた公孫龍にむかって一礼した男は、

「聚落に宿泊した者が、にわかに病を発し、苦しんでおります。そちらさまのなかに医人はおられませんか」

と、訴えるようにいった。

「急病人か……、それは困ったな」

公孫龍のななめうしろで耳をそばだてていた嘉玄が、

「東武君が賓客を養うようになり、その客のなかに医人がいるとききましたが」

と、大声でいった。

「よし、急病人を東武君の邸宅へ運ぼう。童凜と碏立は、この人のあとに付いてゆき、病人を馬車に乗せよ。嘉玄と洋真は先駆して、湛仁どのか華記どのに事情を説明して、頼み込め」

邯鄲に到着するまえのちょっとした騒動であった。

ふたりの公孫龍

杜芳の子にみちびかれて公孫龍は墓参をおこなった。

盛り土があるだけの墓である。

「これでは、さびしいな」

公孫龍は童凜にもってこさせた若い松を植えた。それから冥福を祈った。杜芳の子は、

「杜南」

と、いい、まだ十代のなかばにも達していないという年齢であるが、牙荅の左右に置いて教育してもらっている。

——だいぶ顔つきがしっかりしてきた。

以前、公孫龍がみた杜南のまなざしは不安でゆらいでいたが、いまはまっすぐにまえをみているという強さをふくんでいる。

帰路は寒風がながれていて、この寒さを冒して燕へ帰ろうとはおもわないので、

——来春まで、邯鄲にとどまる。

と、決めた。

帰宅すると、東武君の使いで華記が待っていた。その表情がやわらかいので、

――凶い報せをもってきたわけではない。

という予感をおぼえた。公孫龍は頭をさげつつ、

「先日は、唐突に運んだ病人をおひきうけくださって、ありがたく存じます。旅人ということでしたが、どうなりましたか」

と、問うた。

「あの者は、食中りであった。臓腑に残っていた食べ物が体の外にでると、すぐに回復した。それよりもおもしろいことがあるので、主はあなたをお招きです」

「さようですか。では、さっそく――」

公孫龍は童凜のほかに、牙荅の子の牙参を従えて、東武君の邸宅へ往った。

東武君が少壮の男と談笑している一室に、公孫龍が案内されると、その少壮の男は起立して一礼し、

「先日、七転八倒し、あなたにここまで運んでもらった者です」

と、いった。

「ほう、あなたが――」

あの急病人とはおもわれぬおだやかな顔つきをしている。年齢は、公孫龍よりも二歳ほど下にみえる。

ふたりが坐るのをみた東武君は、微笑を保ったまま、

「この者は趙(ちょう)国の生まれで、天下を遊説(ゆうぜい)して帰ってきたばかりの学者だ」

と、公孫龍におしえた。

「かつて斉(せい)の稷門(しょくもん)のほとりに学者が集まり、その数は数百から千に達するほどであったときいています。あなたは百家ある学問の派のなかのどれに属しておられるのか」

「そうですね……」

その若い学者はすこし考えてから、

「あえていえば、名家(めいか)、となりましょうか」

と、いった。

「はて、名家とは——」

「名と実(じつ)、ことばと物、を研究する流派と申しておきます」

この答えを継ぐように東武君が、

「この者と、さんざん討論をしたのだが、この者は、白い馬は馬ではない、と申すのだ。わかるか」

と、いい、目で笑った。

「白馬は馬に非(あら)ず、ですか。それはわたしにも理解できそうもありませんが、どういうことですか」

公孫龍はやわらかく問うた。この学者の専門分野に踏み込んだところで、得るものはなに

もない、という予感なので、および腰の問いである。

「かんたんに申せば、こうです。馬という一字は、ひとつひとつの馬を具象として指さない抽象語です。しかし、白馬はどうでしょうか。白という特定な色にとらわれています。それだけでも、白馬がいわゆる馬ではないことは、あきらかではありませんか」

「はあ——」

公孫龍はあっけにとられた。そう説かれるとたしかにそうであるような気もするが、脳裡の混乱がおさまると、反駁したくなる。たとえば、人はたしかに人ではあるが、公孫龍という固有の名をつけた人は、人に非ずということになるのか。

公孫龍のようすを眺めていた東武君は、急に声を立てて笑い、

「そなたを困惑させることが、いまひとつある。この若い先生の氏名は、そなたとおなじで、公孫龍という」

と、愉しげに語げた。

すなわちこの室内には、ふたりの公孫龍がいることになる。

なお名家としての公孫龍は、思想史においては、

「公孫龍」

という呼称で知られる。東武君すなわち趙勝の賓客として優遇されることになるが、商賈の公孫龍とのちがいをはっきりさせるために、龍の字をりゅうと発音することにして、この思想家を、

「公孫龍子」

と、呼ぶことにする。なお趙勝は翌年から封地が替わり、平原の邑がさずけられるので、平原君と号することになる。

「二日まえに、捷報がはいった。わが軍が高唐の城を落とした」

と、趙勝は口もとをほころばせた。

「それは大慶です。済西の戦いのあと、趙軍がどこへむかったのかが、わかっていないのです。そうですか……、高唐を攻めたのですか」

「わが軍を率いていたのは二将で、そのひとりを廉頗という。まだ諸侯に名を知られていないが、兄上である趙王はたいそう篤く信任なさっている」

「廉頗ですか。憶えておきます」

公孫龍はうなずいてみせた。

「それにしても、上将軍となった楽毅はすさまじい将帥であるな。わが軍は年内に一城を落とすのがせいいっぱいであるのにくらべ、燕軍の勁強さはどうか。済西から臨淄へむかい、秦周において斉軍を単独で破ったばかりか、臨淄をも陥落させ、さらに安平、昌国などを降したときく。そなたは楽毅の近くにいて、燕軍に驚異的な勝利をもたらした。こんどは、趙軍を強くしてもらわねばならぬ」

「恐れいります。兵器の改良については、邯鄲の鵬氏や卓氏それに雲常家に助けてもらいました。かれらを企画の上に載せて、目標にむかって推進してゆく人と巨大な財が要ります。

燕の場合は、その人が燕王であり、入国した商工の頭を国賓のごとくもてなしました。趙において同様なことができなければ、燕の後塵を拝しつづけることになりましょう」

趙の兵器工場は国立というか、王室の直営である。そこには民間の智慧と技術ははいっていない。むろん民間人がそれにかかわれば、最先端の技術が外に流出する恐れがある。だが逆に、民間人がかかわらないので、兵器の発達がとまってしまうこともある。趙の場合は後者に比いであろう。

「わが軍は、騎兵を主体としてきたので、城攻めが苦手だ。城攻めのための大型兵器は、種類だけではなく数もすくない。そのあたりの改良を、そなたにおこなってもらいたいが、どうであろうか」

公孫龍はあとじさりをするように、

「兵器の製造にたずさわっている工人が、猛反発をします。わたしは殺されるでしょう。工人の意識を変えなければなりませんが、それができなければ、工人そのものを替えなければなりません。それができるのは、あなたさましかおらず、王をお説きになって、まず兵器の研究所をお建てになることをお勧めします」

と、いった。

「ふうむ、兵器研究所の設立か……」

そこは王室直属の工人の匠と民間人との接点になる。趙勝は公孫龍の意図をそうみた。とにかく趙軍が保持している兵器が、燕軍のそれより劣っていると知ったかぎり、早く改善してゆかなければならない。旧弊を打破しなければ、趙という国の力が錆ついてしまう。

「来年の夏までには、なんとかしたい。そのときには、そなたの力を借りることになろう」

民間の智慧を導入できるのは公孫龍しかいない、と趙勝はみている。

公孫龍は邯鄲で冬をすごした。

仲春になってようやく邯鄲を発ち、わずかに雪の残る山道を越えて、燕にはいった。

まず、まっすぐに、郭隗先生に戦勝の報告をおこなった。

――すべては、この人からはじまった。

郭隗が昭王から特別に優遇されなければ、楽毅の招致はうまくゆかず、いまだに昭王は煩悶のなかで月日をすごしていることになる。だが郭隗は浮かれた気分をみせず、

「負けることはたやすいが、勝つことはむずかしい」

と、いった。

「仰せの通りです。上将軍が落とした城にそれぞれ燕兵を残してゆけば、斉国に展開する燕軍は痩せてゆくばかりです。また、いちど陥落した城のなかの住人を、たれが治めるのですか。叛乱が起こらないようにするのは、至難です。それを想うと、九十九戦して全勝しても、百戦目で負ければ、すべてを負けという一語でくくられてしまうのは、くやしいことです」

「ふむ、燕王は、亜卿どのから捷報がとどくたびに、行政官を派遣なさっている。武力で邑の住民を恫し従わせるのは愚策であるとおわかりになっている。それにしても亜卿どのの城攻めは、神憑っている。今春になって、あらたに三城を落とした。斉の全土に、いくつの城

があるか」

「七十余城、と承知しております」

「亜卿どのは、半年で七、八城を落としているか……」

「いまのところは――」

公孫龍はそう答えながら、他国の軍が半年で一城を落としても称賛される現状をながめて、いかに楽毅がすさまじい攻略をおこなっているかを痛感した。

「すると、斉の城をすべて降すには、五年かかることになる」

「驚異の速さです」

ひとりの将が七十余城を降すことなど、かつてきいたことがない。しかし楽毅であれば、それをやりとげるかもしれない。

斉王の政治よりも燕王の政治のほうがすぐれていると判断する城主がいれば、すすんで楽毅に降伏するであろう。そういう城主が増えなければ、とても五年で七十余城を降せないが、その点でも、昭王と楽毅には徳望があるので、斉の全土平定に有利にはたらくにちがいない。とにかくいまや楽毅は、空前絶後の偉業をおこなっているさなかにある。

郭隗邸をでた公孫龍は、まっすぐに旭放家へ往った。

家のなかにはいったとたん、

「兄上、お帰りなさい」

という旭曜の明るい声がひびきわたった。すぐに旭放、房以などが顔をみせ、家じゅうが

にぎやかになった。旭放は、

「あなたがいらっしゃるまで、祝賀の会をひかえていたのです。従軍した者を残らず集めて、宴を催しましょう」

と、はればれといった。

「それは、ありがたい」

公孫龍は童凜を自家へ走らせた。

二時後、旭放家の裏の庭が、宴会場となった。まわりの桃の木は花ざかりである。

「よくぞ、臨淄まで征ってくれた」

この旭放のねぎらいのことばに、集まった者たちは大歓声で応えた。おなじ戦場を踏んで、敵兵をしりぞけ、いのちを守りあった者たちである。かれらの話は尽きない。

旭放はしばらく涙ぐんでいた。

まもなく十代のなかばにさしかかる旭曜は、楽毅とともに本営にあった公孫龍の武勇譚をねだり、

「つぎに兄上が出征なさる際は、それがしをお連れください」

と、しきりにいった。公孫龍は笑っただけで答えなかった。いまや旭曜は旭放にとって掌中の珠である。戦場に抽きだして傷をつけるわけにはいかない。

公孫龍は起って房以のもとへゆき、

「この家には、秘密裡に、楽毅さまの近況が報されるはずだ。むろん旭放どのにことわって、

わたしに報せてもらいたい」

　と、たのんだ。楽毅の使者が戦場から燕の王宮に報告をとどけている。その報告の内容を知るのは、昭王と重臣のほかに、旭放と郭隗先生だけであろう。郭隗先生が昭王から特別視されているのはわかるが、旭放のような商賈が昭王ときわめて親密なのはどうしてであろうか。そのあたりを公孫龍はさぐりたいわけではないが、ときには考える。

　――旭放は燕王の腹ちがいの兄弟なのでは……。

　しかし旭放と燕王の面貌は似ていない。また諸国の兄弟についてきいたところでは、仲よく育ち、仲よく働いている兄弟はきわめてすくない。趙の恵文王と東武君のありようはめずらしいといえる。人が人をほんとうに信ずる場合を考えてみると、あるとき生死をともにするような危難をくぐりぬけたほかに、幼少期をともに育ったのではあるまいか。つまり、昭王を育てた乳母の子が旭放であったと想像すると、腑に落ちてくる。

　この朗暢な宴会が終わったあとも、公孫龍は旭放家にとどまり、夜更けまで旭放と語り合った。

　公孫龍にとってひとつの懸念は、どこかに隠れた斉王が臣下を集めて反撃してくることである。それについて旭放に問うた。

「たしかな情報ではありませんが……」

　と、いってから、いちど口ごもった旭放は、しばらくして、

「殺された、ようです」

と、ためらいがちにいった。

「死んだ……。殺したのは、燕兵ですか」

「ちがいます。どうやら殺したのは、淖歯らしいので、そのあたり解せないでいます」

「斉王を守るはずの淖歯が、斉王を殺した……」

あとでわかることになるが、それは事実で、斉の湣王は臨淄をでて衛に奔ったあと、鄒へ移り、さらに魯へのがれたが、どこでも歓迎されず、ついにはるばると東へ走って莒の邑にはいった。そこで湣王は淖歯に殺された。

楚兵を率いている淖歯は、そのあと楽毅に擦り寄るべく臨淄にもどったようであるが、湣王の従者であった十代の王孫賈に殺された。湣王の突然の出奔に随従できなかった王孫賈は、湣王の仇を討つべく同志を四百人集めて待ち構えていた。つまり王孫賈にかぎらず斉の官民は、斉王を誤らせ、斉国を紊乱させたのは淖歯であるという怨嫌をもち、そういう激しい感情が占領軍の司令官というべき楽毅にむけられなかったことは、制圧をつづける燕軍にとってさいわいであった。

夜更けの静けさに気づいた旭放は、さいごに、

「燕の王と国を、ここまで導いたのは、たれあろう、あなたですよ。国民は燕王と亜卿どのの偉業をたたえているでしょうが、わたしは、あなたがすべてである、とおもっています」

と、公孫龍にむかっていい、頭をさげた。公孫龍はそれには答えず、旭放の手を執って、

「偉業などというものは、ひとりで成せるものではありません。それにしても、ここまでく

るのに、長かったですね」

と、感慨をこめていった。一瞬、周都をでて、人質として燕へむかう十八歳の自分が、脳裡に浮かんだ。が、ここにいるのは王子稜ではなく、それから十七年がすぎた公孫龍である。ここにこうして公孫龍が居られるのも、旭放のおかげであるともいえる。

自宅にもどった公孫龍は、ひと月後に、趙の恵文王の密使を迎えた。

その使者は、繆賢といい、宦官令であるともいう。

「くわしい事情は、みちみちお話しします。王があなたをお召しです。あなたのご助力を欲しておられます」

「承知しました」

従者の数を十にしぼって、繆賢とともに、公孫龍は邯鄲へ急行した。

事情というのは、こうである。

南の雄国である楚は往年の威勢が衰えたこともあり、その外交の基本は、東の斉とむすぶか、西の秦とむすぶか、ということであった。

いまの楚王は頃襄王という。頃襄王は太子であったころ、斉に人質となっていた。が、父の懐王が秦の昭襄王にあざむかれて、帰国ができなくなった時点で、斉から帰った頃襄王は即位した。客死した懐王の遺骸が楚へ送りかえされると、国民は悲歎にくれ、楚の主従は怨憤して秦と断交した。

しかしながら、秦は恐ろしい国であり、敵対したままでは得策ではない、と考えた頃襄王は、秦との国交を回復した。ただしそれがおもてむきであったことは、将軍の淖歯を斉につかわして湣王を援けさせたことで、あきらかである。残念ながらその外交は、淖歯に正義を求める心がとぼしく、私利に動いたことによって、斉の国民に反感をもたれて失敗した。

斉という国が消えつつあるいま、楚はあらたな友好国をつくる必要があった。

「その友好国が、趙ということですか」

「そうです。楚王の使者が、わが国にきて、たいそうな物をわが王に献上したのです」

「たいそうな物ですか……」

公孫龍は繆賢のもってまわったいいかたを笑った。繆賢が宦官令であることは、趙王の召使いの長官でもあることはいうまでもない。またこの時代、すすんで宦官になる者はなく、かれらのすべてが重罪を犯した者である。死罪を減じられて宮刑に処せられたと想ったほうがよい。だが、繆賢の相貌に、過去の悪事のなごりがあるわけではなかった。

「そうです。楚の国宝を、です」

「ほう――」

また笑いそうになった。楚に国宝などがあったとおもわれなかったので、繆賢の話に誇張を感じただけである。

公孫龍の半信半疑の表情をみた繆賢が、高らかに笑声を放った。そのあと、

「わが王に贈呈されたのは、和氏の璧ですよ」

と、いった。

「えっ、まことに――」

かつて楚人である和氏が発見して王室に献上した天下最高の璧がそれである。まえに述べたことがあるが、璧は円盤型の宝石である。よくぞ楚王はそれを手放す気になったな、というおどろきも公孫龍にあった。

「趙王がわたしをお召しになったのは、その璧をわたしにみせてくださるということですか」

「話は、それほど単純ではないのです。あとのことは、邯鄲に着いてから、お語げします」

ここから繆賢は口数をすくなくした。

邯鄲の自宅にはいった公孫龍は、二日間、待たされて、三日目に繆賢に迎えられた。

「秘密のことなので、従者は無し、ということで――」

と、繆賢にいわれた公孫龍は単身で馬車に乗った。馬車は王宮の離宮にむかった。その離宮にはみおぼえがあった。その入り口で、馬車をおりた公孫龍にむかって、鄭重な礼容を示した男がいた。

「それがしは宦官令の舎人で、藺相如と申します」

ものやわらかさをもつ痩身の男である。ちなみに舎人というのは、客であった者が家臣となった場合につかわれる。すると藺相如は繆賢の私臣にすぎないので、このような王室の離宮に出入りすることはできないはずである。

公孫龍は繆賢と藺相如にみちびかれて、控え室にはいった。すぐに繆賢が、

「王がいらっしゃるまえに、事情を説明します」

と、公孫龍にむかって語りはじめた。

和氏の璧が、楚の王室から趙の王室へ移ったことで、難問が生じた。趙の主従を困惑させたのは秦の昭襄王である。かれは恵文王に書翰を送り、

「和氏の璧は天下の至宝である。城十五と交換したい」

と、もちかけた。

——困った。

さっそく恵文王は大臣を集めて、諮った。その大臣のなかに、廉頗がいた。かれは趙軍を率いて斉国内を往来し、済水にそうように南下して陽晋の城の攻略に成功した。そのため、帰還すると、大臣のなかでも上位の上卿に任ぜられた。またくどいようであるが、東武君は、平原の邑をさずけられたので、以後、平原君、とよばれることになる。

恵文王の憂思をわからぬ大臣たちではない。

秦の昭襄王が誠実な人であれば、なんの問題もないが、なにしろ過去に楚の懐王を騙して客死させたような詐術を平気でおこなう人である。

「和氏の璧を秦王にささげても、城十五は手にはいらぬであろう」

それなら和氏の璧を昭襄王に与えなければよいが、そうすることで、秦軍に攻略の口実を与えることになりはしないか。では、どうしたらよいのか。その議論は紛糾した。

（巻三　白龍篇・了）

「小説新潮」令和三年十二月号〜令和五年三月号掲載

公孫龍（こうそんりょう） 巻二 白龍篇（はくりょうへん）

二〇二三年 八月 二十日 発行

著者……宮城谷昌光（みやぎたにまさみつ）
発行者……佐藤隆信
発行所……株式会社 新潮社
東京都新宿区矢来町七一
郵便番号 一六二―八七一一
電話 編集部〇三-三二六六-五四一一
読者係〇三-三二六六-五一一一
https://www.shinchosha.co.jp
装幀……新潮社装幀室
印刷所……大日本印刷株式会社
製本所……加藤製本株式会社

ISBN978-4-10-400430-0 C0093